Para o bem ou para o mal

Para o bem ou para o mal

Luiz Fernando Brandão

Rio de Janeiro, 2021

© Luiz Fernando Brandão

Revisão
Lígia Lopes Pereira Pinto

Editoração eletrônica
Rejane Megale

Capa
Carmen Torras – www.gabinetedeartes.com.br

Ilustração de capa
Maximiliano Torras Sande

Foto de capa
Claudia Steinert

Adequado ao novo acordo ortográfico da língua portuguesa

CIP-BRASIL. CATALOGAÇÃO-NA-FONTE
SINDICATO NACIONAL DOS EDITORES DE LIVROS, RJ

B818p

Brandão, Luiz Fernando
    Para o bem ou para o mal / Luiz Fernando Brandão. - 1. ed. - Rio de Janeiro : Gryphus, 2021.

    172 p.
    ISBN 978-65-86061-16-1

    1. Ficção brasileira. I. Título.

21-69227   CDD: 869.3
                                                      CDU: 82-3(81)

GRYPHUS EDITORA
Rua Major Rubens Vaz, 456 – Gávea – 22470-070
Rio de Janeiro – RJ – Tel: +55 21 2533-2508 / 2533-0952
www.gryphus.com.br– e-mail: gryphus@gryphus.com.br

Para Márcia, Júlio, Jorge e Ammi.

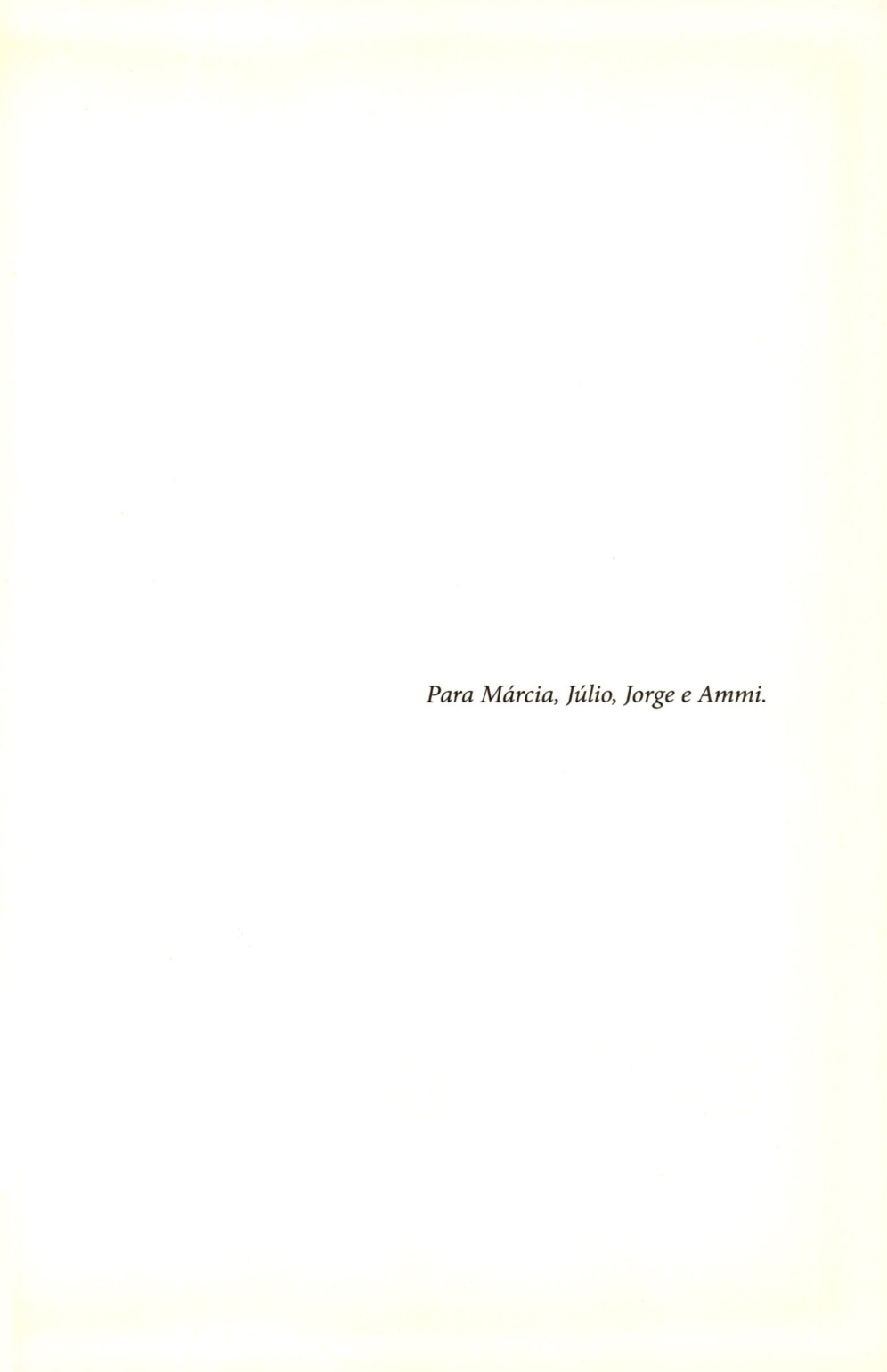

Afora fatos de conhecimento público, acessíveis mediante simples busca na Internet, todos os eventos e personagens aqui retratados são produtos da imaginação do autor. Qualquer semelhança com nomes e acontecimentos da vida real é pura coincidência.

"*Para o sincero buscador da verdade, pouco importa se a arte imita a vida ou se é a vida que imita a arte. O que vale é explorar, de peito aberto, as infinitas possibilidades que uma e outra, a todo instante, oferecem.*"

(Soprado, em sonho, por um mestre sufi)

Cuidado, é frágil

Nesta minha vida de publicitário, que começou bem cedo, aos 18 anos de idade, e que já vai bem longe agora que estou a menos de um ano de completar 70, tive a oportunidade de conhecer e conviver com os mais diversos tipos de clientes, a maior parte deles bons profissionais, que me possibilitaram inúmeras chances de criar trabalhos que acabaram se tornando conhecidos do grande público.

Evidentemente, cada um desses profissionais tinha um tipo de formação, diferentes sonhos e ambições, mas, curiosamente, dois deles, apesar de serem de épocas distintas, eram impressionantemente parecidos entre si: Mário Chamie e Luiz Fernando Brandão.

Conheci Mário Chamie no meio dos anos 1970, quando ele dirigia o marketing da italiana Olivetti, e conheci Luiz Fernando Brandão no meio dos anos 2000, quando ele era o responsável pela comunicação da brasileira Aracruz.

O primeiro traço em comum entre os dois é que eles pareciam torcer para que o trabalho que eu fosse apresentar nas nossas reuniões tivesse brilho e estivesse absolutamente certo. Apostavam nisso e jamais faziam críticas desnecessárias ou destrutivas. Seus comentários eram sempre elogiosos e, na maioria das vezes, acrescentavam algo de útil para o aprimoramento do trabalho.

Até mesmo quando o conceito não era absolutamente brilhante ou pertinente, fato comum nas relações cotidianas entre agências de publicidade e seus clientes, ambos tinham a preocupação de observar o lado interessante que poderia existir naquela ideia e alguma possibilidade de ela ser mais bem trabalhada.

Evidentemente, clientes assim são raros e são os clientes dos sonhos de qualquer publicitário.

Mas a outra característica em comum entre Chamie e Brandão que sempre me encantou era a adoração e o fascínio que eles tinham pela leitura e pela escrita, algo que eu também sempre tive, e que certamente foi fundamental nas nossas vidas.

Apesar de vorazes leitores de absolutamente tudo, e ambiciosos escritores de qualquer tipo de narrativa, Mário Chamie e Luiz Fernando Brandão sempre tiveram predileções assumidas e diferentes – um sempre foi mais da poesia e o outro sempre foi mais da prosa.

Quando conheci Mário Chamie, ele já era conhecido nos meios intelectuais como ex-adepto do grupo que lançou a poesia concreta nos anos 50, liderado por Augusto de Campos, Haroldo de Campos e Décio Pignatari, e criador da Poesia-Práxis, em 1961, depois que rompeu com os concretos.

Quando conheci Luiz Fernando Brandão, ele já era reconhecido como competente tradutor de romances de grande fôlego.

Convivi com Mário Chamie até a sua morte em 2011, aos 78 anos de idade, quando ele ainda era uma figura ativa na vida cultural da cidade de São Paulo.

Convivo com Luiz Fernando Brandão desde que trabalhamos juntos para a Aracruz até os dias de hoje, quando ele me dá a honra – ou me cria o problema – de ter que escrever algo sobre este *Para o bem ou para o mal*.

Me recordo perfeitamente quando, alguns anos atrás, Luiz Fernando me disse que pretendia se afastar do mundo empresarial e dedicar a maior parte do seu tempo à literatura.

Nesse dia, ele me contou que estava começando a trabalhar num livro a partir de uma ideia que havia tido depois do atentado nas Torres Gêmeas em Nova York, imaginando aqueles que escaparam da morte pelos mais diferentes motivos.

Achei a ideia instigante, mas sinceramente não imaginava que ela pudesse se transformar em puro realismo mágico, interligando personagens que Luiz Fernando certamente extraiu da mistura da sua boa memória com a fertilidade da sua imaginação.

Estão claramente presentes, neste livro, vivências do autor como pessoa física e como pessoa jurídica.

Sei que Luiz Fernando gosta do raciocínio de que o livro propõe "uma reflexão sobre a relativa fragilidade do julgamento humano, dada nossa absoluta incapacidade de conhecer, em toda a sua dimensão, os efeitos de nossos desejos, palavras e ações no tempo e no espaço, sejam para o bem ou para o mal".

Mas o que mais me encanta neste livro é que essa intenção do autor fica clara para todo e qualquer tipo de leitor, desde os mais relaxados até os mais tensos, desde os mais simplórios até os mais pretensiosos.

Não tenho dúvida de que o exigente e seletivo Mário Chamie, que, entre outras coisas, foi também prestigiado crítico literário, dedicaria ao *Para o bem ou para o mal* os seus breves, concisos, mas sinceros elogios.

Washington Olivetto

1

Entre apreensivo e curioso, com o corpo molhado de suor e as bochechas vermelhas, o moleque de uniforme xadrez sobe a imponente e lustrosa escadaria de madeira escura. Esforça-se para seguir o irmão Maurício, que galga os degraus com vigor surpreendente para a figura roliça, deixando no rastro o ranço familiar de um corpo abafado do pescoço aos tornozelos sob a batina no calor tropical.

Seguem para a misteriosa clausura dos religiosos, no terceiro andar, motivo de comentários maliciosos entre os alunos mais velhos que Diego tentava, sem sucesso, decifrar. Até aquela manhã, pelo menos.

No aposento minúsculo, iluminado apenas por uma lâmpada de teto e quase todo ocupado pelas duas camas beliches alinhadas ao longo de cada parede, o agora animado irmão convida o menino a se sentar, enquanto se acomoda na cama em frente e vasculha a gaveta da mesinha solitária sob a janela aberta para o pátio, que serve como escrivaninha e criado-mudo. Ele busca os apetrechos de costura para remendar as calças curtas do garoto, descosturadas em um espacate involuntário, durante a pelada com chapinhas de refrigerante no pátio do colégio.

"Como é que você foi se rasgar todo assim, Dieguito? O que é que sua mamãe vai dizer, vendo o filhote chegar em casa com as coisas todas de fora? No mínimo, que a gente não cuidou direito de você. Passa pra cá essas calças, que vou tentar dar um jeito."

O menino hesita em se despir, pois, como sempre – apesar da insistência da mãe –, saiu de casa sem cueca e não quer ficar pelado diante do padre. Arrepende-se da desobediência. Irmão Maurício insiste, agora em um tom de voz diferente, entre a provocação e o escárnio.

"Qual é o problema, garoto, tá com medo de mostrar o pintinho? Aposto que é tão pequeno que não dá nem pra ver. Deixa de frescura, vai, passa pra cá essas calças que não tenho todo o tempo do mundo pra perder com você."

Diego cede e entrega a roupa com uma das mãos, tentando se cobrir com a outra. O padre parece se divertir com a situação, o que faz o menino sentir-se ainda mais humilhado. Com o rosto baixo e pressentindo algo estranho no tom de voz do adulto, reza para que aquilo tudo acabe logo. O irmão se inclina para a frente e tenta alisar sua perna, deixando bem clara sua intenção.

"Você não tem que sentir vergonha nenhuma do seu corpo, garoto. É tudo perfeito, criado por Deus. Deixa eu só dar uma espiadinha pra ver se está tudo no lugar, deixa..."

O menino junta os dois joelhos e se encolhe contra a parede, acuado, fazendo o padre perder a paciência, visivelmente irritado.

"Se você vai ficar de frescura, largo isso aqui e te mando de volta pro recreio todo rasgado. É isso o que você quer? Deixa eu ver esse pintinho aí, não vou machucar, só quero examinar. Mas se você for bonzinho e deixar eu pegar, aí vai ganhar um presente. E isso vai ficar só entre nós dois, tá?"

Apavorado, o moleque não pensa duas vezes: põe-se de pé num salto, arranca as calças das mãos do atônito irmão Maurício e foge do quarto, correndo em direção às escadas. No silêncio quase completo do imenso corredor, alcança o patamar e toma um susto ao dar de cara com a estátua de mármore, em tamanho natural, do santo padroeiro do colégio, em cujo olhar julga perceber uma estranha mistura de cumplicidade e censura. Veste as bermudas do jeito que consegue, enquanto desce ofegante a escadaria, confuso e com um vago sentimento de culpa, mas aliviado quando chega ao térreo.

Em casa ou entre os colegas, não comenta o episódio, mais para esconder a vergonha do que por qualquer outro motivo. Mas à noite, na cama, as imagens insistem em se apresentar, o olhar enigmático do santo, sobretudo, perturbando o sono do garoto. Tudo tão diferente do filme *Marcelino, pão e vinho* exibido no colégio poucas semanas antes, que o deixou com os olhos cheios de lágrimas pela pureza e devoção do menininho que conversava com a imagem de Jesus. A mesma inocência que ele tinha acabado de perder, em questão de instantes, por obra do assanhado homem de Deus.

2

Aquele ritual simples era das poucas coisas que, por trazê-lo de volta à condição humana, davam-lhe algum prazer na rotina cada vez menos suportável. Curtia o cheiro da graxa e do solvente, a carícia ritmada das escovas sobre o peito do pé e, sobretudo, na etapa de acabamento, as vigorosas flaneladas aplicadas pelo artista, a fim de extrair o máximo fulgor dos sapatos pretos de amarrar, sob medida, um dos três pares idênticos que possuía.

Manter os pisantes impecavelmente limpos e lustrosos era parte do ofício, um cuidado que ele não só seguia à risca, como esperava ver respeitado pelo seleto time de gestores financeiros sob sua batuta. Afinal, como administradores de portfólios de oito dígitos e além, ao atuarem em um dos estabelecimentos mais tradicionais e bem-sucedidos de Wall Street, deveriam expressar, começando pela aparência pessoal, os atributos de sucesso definidos pelos fundadores 150 anos antes: discrição, impessoalidade, austeridade, segurança e eficiência no trato do dinheiro, fosse próprio ou de terceiros.

Todos usavam uniforme básico, com tímidas variações. Ternos lisos ou risca de giz e sapatos pretos ou marrons (sempre escuros), acompanhados de camisa branca, bege ou azul-

-clara de colarinho alto, gravata em cores e padrões igualmente neutros. Os veteranos faziam questão de preservar o visual de três, quatro décadas atrás. Os mais vaidosos tentavam compensar a sobriedade incorporando ao figurino suspensórios, alfinetes de colarinho, lenços coloridos no bolso do paletó e adornos similares. Dos gênios financeiros da nova geração, que a casa tudo fazia para atrair e manter, eram tolerados ternos de corte italiano, camisas de cores mais vivas, gravatas estampadas, abotoaduras e prendedores de gravata criativos, entre outras pequenas transgressões.

Barcos, carros e relógios de luxo por sinalizarem, sem margem para dúvida, a desejável competência em enriquecer, eram de certa forma estimulados, desde que "exibidos com moderação e utilizados, tanto quanto possível, no interesse dos negócios".

Mas não era só pelo prazer do olfato e do tato que interrompia seus afazeres para embarcar no único e exclusivíssimo elevador expresso da torre e descer os mais de 80 andares, toda terça-feira, às oito e meia da manhã em ponto. Até porque seria bem mais prático ter o serviço feito dentro do escritório.

Aqueles 20 minutos semanais na cadeira do simpático e bem-humorado engraxate, de quem sabia pouco mais que o nome, funcionavam como terapia informal de excelente custo-benefício. Primeiro, pela oportunidade de ficar longe – mesmo que por curto período – daqueles abutres arrogantes, superficiais e insaciáveis, com seu linguajar ridículo e relógios complicados. Depois, porque descer até o térreo, ouvir as buzinas, sentir o cheiro da rua e ver gente de verdade tocando suas vidinhas banais dava-lhe o estranho conforto de saber-se mais do que uma simples máquina de calcular.

Dentro do escritório, acompanhava o noticiário e o movimento das bolsas de valores em imensos monitores e a cabeça não parava de engendrar: fusões, aquisições, mudanças de controle acionário, crises políticas, desastres ambientais e previsões climáticas imputados, em tempo real, com as variações de preço das ações, ativavam complexas cadeias de sinapses cerebrais prontamente traduzidas em índices, múltiplos e projeções que realimentavam sua prodigiosa capacidade de multiplicar riquezas.

Pelo menos duas vezes por semana tinha a agenda reservada para reuniões com os clientes especiais, principais fornecedores da matéria-prima da casa. Bem cedo pela manhã ou no final da tarde, antes ou após o encerramento do pregão em Wall Street, sentava-se com emissários de *sheiks*, ditadores, políticos e empresários dos cinco continentes – e certamente também do terrorismo, do narcotráfico, do contrabando de armas e de outras modalidades do crime organizado –, todos igualmente recebidos como lordes. Reuniões chatas com finais previsíveis que aturava por não ter outra escolha: afinal, ajudar os clientes a aumentar suas fortunas e, no processo, a dos acionistas do banco e a dele própria era seu ofício, e o palco onde brilhava. Lucro ou prejuízo, vencedor ou perdedor, esta era a história de vida de Robert White Sherman, mais conhecido como "Bob, o Matemático" nos círculos da grana preta.

Sobretudo em virtude de acontecimentos recentes, achava mais gratificante o breve convívio com aquele jovem engraxate do que as emoções do carrossel financeiro. O moreno miúdo com os braços cobertos de tatuagem, tênis cano alto e boné de *rapper* sempre tinha alguma tirada inteligente para alegrar o executivo.

"Você sabe o que o cara respondeu quando perguntaram como é que ele tinha ido à falência?", provocou Carlos, interrompendo os devaneios do cliente. "De duas maneiras: aos poucos e, então, de repente." Esboçaram uma risada que não chegaram a completar, surpreendidos pelo estrondo bem acima de suas cabeças e os olhos arregalados dos passantes voltados para o alto.

3

"Veja só que sucesso nós somos e o tanto que conquistamos, Zaíra: agora, é só pra frente e pra cima!", recitou em voz alta, como fazia todas as manhãs, diante do espelho, ao maquiar o rosto perfeito e se preparar para abater o leão do dia. Naquela manhã, em particular, com os olhos vermelhos e inchados pela noite passada em claro, repetiu a conjuração, porém com a voz um tanto trêmula, sem a firmeza de costume. Tinha razões de sobra para sentir que o sucesso duramente conquistado começava a escapar como areia fina por entre os dedos.

Escondida por imensos óculos escuros, dormitou no banco traseiro do carro durante os trinta minutos do trajeto até o escritório, tentando recobrar as energias. Afrânio estranhou o silêncio, mas permaneceu calado; normalmente, a patroa não tinha frescura e gostava de um bom papo, de igual para igual. Doutora Cátia era bem diferente dos colegas dela – todos uns grandes babacas, na opinião unânime dos motoristas da diretoria, além de fontes inesgotáveis de informação fresca (não raro, confidencial) que ele, um puxa-saco de marca maior, se apressava em repassar para a chefinha gente fina e, ainda por cima, gostosa *pra dedéu*.

Por mais de uma vez, em conversas na copa, Afrânio tinha ouvido comentários de que as secretárias do conselho e da diretoria eram as pessoas mais bem informadas sobre o que rolava na firma. É que ninguém tinha noção do grau de imprudência dos executivos, quando na clausura refrigerada de suas caminhonetes blindadas. Indiferentes aos riscos de vazamento e infringindo regras básicas do bom senso, trocavam entre si e pelos celulares, além de amenidades e muita putaria, conversas de alto teor explosivo. Iludidos pela arrogância, agiam como se o motorista fosse mera extensão do veículo e, como tal, cego, surdo e mudo a qualquer coisa que não dissesse respeito ao trânsito. Ledo engano.

Na cabine do elevador exclusivo do prédio da empresa – uma torre espelhada, de gosto duvidoso, que ocupava um quarteirão dos bons na Avenida Faria Lima –, encontrou justo a pessoa que ela menos pretendia ver, no mínimo até sentir-se satisfeita com a narrativa em construção dentro de sua cabecinha fervilhante: seu colega e, até as coisas começarem a desandar, companheiro de cama e mesa, o diretor financeiro e de relações com o mercado, Adhemar Bontempo.

A dupla trocou rápidos cumprimentos e logo cada um tratou de grudar os olhos na tela dos respectivos celulares, tentando evitar o tema que estava abalando de vez sua antes promissora e hoje embaraçosa intimidade. Mesmo de cabeça baixa, a executiva percebeu, pelo canto do olho, que Adhemar a examinava com a costumeira indiscrição e, como sempre, satisfeito com o que via. E ele tinha bons motivos: aos 42 anos, Cátia Ferrão, vice-presidente de assuntos corporativos para a América Latina na Cronus, uma gigante global em sementes, fertilizantes e defensivos agrícolas, era uma linda mulher.

A Número 1, como era conhecida nos galhos inferiores da árvore hierárquica, não era alta, loura, nem tinha olhos azuis, como costumam ser as fêmeas perfeitas no imaginário da maioria dos machos tropicais. Com 1,65 metro, possuía a pele bem morena e fartos cabelos castanhos cacheados, cortados à altura dos ombros, que combinavam à perfeição com os olhos entre o verde e o amarelo intensos; o nariz pequeno e levemente arrebitado; a boca de lábios generosos, quase oferecidos. A formosura do rosto, acentuada pela pinta negra saliente na maçã esquerda, se estendia ao corpo, enxuto de nascença: seios fartos e firmes, pernas bem torneadas e bumbum empinado. Em resumo, como diziam seus não poucos admiradores do baixo clero da companhia, "a doutora Cátia bate um bolão".

Já entre os poderosos, grupo no qual era a única mulher em cargo de direção, tinha o apelido de Cigana, que ela não só conhecia, mas apreciava e por boas razões: o trunfo secreto de seu sucesso profissional era uma entidade do outro mundo, a pombagira Zaíra.

Desde menina, Cátia costumava brincar com uma amiga invisível, mas seus pais não a levavam a sério, criança mistura mesmo realidade e fantasia. Só a avó, *doña* Consuelo, uma galega de Santiago de Compostela que era familiarizada com as coisas do oculto, logo entendeu do que se tratava, mas preferiu não interferir e deixar o tempo cuidar de tudo.

Em Campos, onde a garota nasceu e foi criada, o pai era administrador de uma usina de açúcar que acabou desativada e, há gerações, pertencia a uma família de galegos cuja fortuna estava em franca decadência. As boas notas na escola, a fluência precoce no inglês e o gosto pela leitura, tudo isso era devido à insistência da mãe, sempre aflita com o futuro da filha. Do pai, herdou a mania de organização e os modos de feitor – sabia mandar. Inteligente e ambiciosa, tão logo terminou o curso de Jornalismo em Niterói, saiu em busca de emprego no Rio, pois retornar às origens estava fora de questão.

Arranjou trabalho em uma emissora de TV, onde em pouco tempo aprendeu a complementar a voz quente, melodiosa, ligeiramente rouca, com os melhores ângulos de seu esplêndido visual. Já tinha chegado a apresentar meia dúzia de edições do telejornal local quando chamou a atenção de um poderoso da emissora, que a convidou para testes. Saiu-se olimpicamente no vídeo, mas refugou o sofá – não havia feito tanto esforço para vender o *corpitcho* de forma tão banal.

Frustrada e sem perspectiva, retornou a contragosto para Campos. Lá, conseguiu emprego em uma rádio, onde começou como repórter-redatora e se tornou locutora. Apaixonou-se tolamente por um colega casado, um perfeito boa-praça-sem-caráter que, seguindo o roteiro previsível, meteu-lhe um filho, convenceu-a a abortar e roeu a corda, destruindo de uma vez por todas a ambição de um dia ser mãe ou encontrar o príncipe encantado.

    Cátia só veio a conhecer a identidade da amiguinha de infância e constatar que herdara a mediunidade da avó já aos 30 anos de idade e de forma inusitada, para não dizer vexaminosa. Dura, com dificuldade cada vez maior em arranjar trabalhos avulsos e enrolada com as contas a pagar, cismou que alguma urucubaca estava fechando seus caminhos – nesse campo, aprendera uma coisinha ou outra com vovó Consuelo. Empanturrada do pão que o diabo amassou, arrependia-se de não ter aberto as pernas para aquele barrigudo pegajoso, fedendo a goró e com o nariz sujo de branco. Tudo poderia ter sido bem mais fácil.

    Em viagem a Salvador com uma amiga, depois de encherem as cuícas de cerveja e pinga, resolveram consultar um pai de santo. Foi só entrar no terreiro e ouvir os cânticos e atabaques para Cátia começar a passar mal: tontura, desorientação e uma tremenda dor de cabeça. Um filho de santo mais atento percebeu o que ocorria e levou a moça para uma tenda, onde Zaíra se manifestou pedindo suas roupas para dançar. Já devidamente a caráter com vestimentas e adornos que não tardaram em arranjar, a pombagira bebeu no gargalo e de uma vez só quase meia garrafa de espumante, pitou a cigarrilha e se pôs a rodopiar, às gargalhadas, durante um tempo que pareceu infinito para a companheira – a essa altura, não menos abalada.

    Ao final da incorporação, Cátia não cheirava a bebida, não se lembrava de nada e ficou chocada ao ouvir a história. Mas, a partir daí, com a ajuda da cigana Zaíra, sua vida mudou. Poucos meses depois da visita ao terreiro, seria convidada, por indicação de um conhecido, a participar de um processo de seleção em uma grande multinacional do agronegócio. Foi quando tudo começou: o destino lhe trazia de bandeja uma nova oportunidade e, dessa vez, ela estava decidida a fazer o que fosse necessário para sair da pindaíba e nunca mais retornar.

E caprichou tanto que, no incrível intervalo de apenas oito anos, tornou-se uma executiva muito bem-sucedida. De início, ralou como assistente da gerência de comunicação da empresa. A equipe, raspada até o osso ao longo de sucessivas e infindáveis "reestruturações" – batizadas de *downsizing, streamlining, reengineering* e outras pérolas do eufemismo cunhadas pela bíblia de negócios da ocasião e vendidas como "medida indispensável para assegurar a liderança da empresa nos cada vez mais competitivos mercados globais" –, era ridiculamente mal dimensionada para o desafio a que se propunha.

Sua chefe, uma profissional com 20 anos de empresa e nervos esgarçados pela pressão incessante por resultados crescentes, apesar dos recursos humanos e financeiros minguantes, se virava para dar conta do recado. E até que conseguia, mas à custa de um desgaste político irreversível entre seus pares e, sobretudo, pela imposição de uma pata de chumbo sobre os subordinados, por quem era simplesmente detestada.

Cátia logo mostrou a que veio. Energizada pela ambição e pela certeza do final feliz, invariavelmente chegava mais cedo e era sempre a última a sair. Fazia sua parte e muito mais. Produzia o *clipping* de notícias, ajudava nas publicações internas, contribuía com boas ideias em todas as reuniões da equipe e, para a felicidade da chefe, era capaz de redigir belíssimos discursos. Desempenho exemplar assim não podia passar em branco.

Para conquistar sem esforço a simpatia e boa vontade dos poderosos, tinha aprendido com Zaíra uma estratégia peculiar que apelidava de "técnica do espelho quebrado". Nas rodinhas de conversa em eventos corporativos, sempre cercada de sorrisos lupinos e olhares gulosos beliscando sua nuca ou sua bunda, era toda sorrisos, exceto para o gajo a quem interessava cativar. No momento oportuno, desfechava um único olhar matador sobre o alvo, e pronto. A partir daí, passava a ignorar por completo o pobre coitado, que, sem entender nada, ficava ainda mais instigado a buscar em vão o contato visual perdido. Fisgado para sempre pela fantasia de um dia ter alguma chance com a beldade, tornava-se mais um parceiro incondicional da executiva. Desse jeito simples, sem favores sexuais, mas apenas nutrindo promessas, ela pavimentou alianças internas fundamentais para chegar ao topo. O tempo todo e a cada passo, assessorada de perto pela *coach* do além, a cigana Zaíra. Tal qual o Grilo Falante de Pinóquio, a pombagira representava o alter ego da executiva: aconselhava em questões delicadas, advertia sobre pessoas e situações perigosas ensinando como neutralizá-las, indicava oportunidades, dizia até o que vestir, as joias que deveria usar e o perfume certo para a ocasião.

À parte seu talento próprio e a ajuda do oculto, Cátia Ferrão sabia, mais que controlar com pulso firme, manipular os colaboradores e estabelecer com os outros gestores alianças estratégicas, o tempo todo de olho na ascensão profissional. As lições ao vivo e em cores do pai, administrador cioso e capataz impiedoso, haviam sido bem aprendidas. Na equipe, valorizava ostensivamente os realizadores e não tolerava desculpas: "Não me interessa se o pato é macho, quero ver o ovo!". Não exibia o menor constrangimento em clonar boas ideias e colher sozinha os frutos da inteligência alheia: "Escrúpulos são para os fracos".

Sagaz, assim que assumiu a gerência de comunicação, acampamento base de sua vertiginosa escalada até o topo, elegeu como braço direito um rapaz tímido, mas muito aplicado, até então sugado e mantido à sombra pela antecessora. Um aliado com o perfil ideal para os planos da Cigana.

Além de organizado ao extremo, Danilo tinha excelente redação, era culto, fluente em inglês e espanhol e sabia como ninguém fuçar e levantar informações. Sua disponibilidade desmedida e lealdade canina inspiravam na chefe uma confiança cúmplice. Trocavam confidências e, através dele, Cátia se mantinha a par das últimas notícias da rádio-corredor. Tinham galgado juntos os degraus do sucesso e, agora, aos 32 anos, era ele o titular da gerência de comunicação. Poucos meses atrás, se mudara com o companheiro, um baiano muito simpático e divertido chamado Lindomar, para um apartamento recém-adquirido no 30º andar do edifício Copan, no Centro da cidade.

Até aquela manhã, a vida abria um sorriso radiante para a Cigana do último andar. Mas nuvens negras surgiam no horizonte e armavam formidável tempestade, cujo potencial destrutivo em muito ultrapassava a capacidade da executiva e o poder da corporação. Nos últimos dias, um problema aparentemente sob controle evoluíra para uma crise que se precipitara na véspera, quando ela e o diretor financeiro foram convocados para uma reunião urgente com o CEO.

4

O sol mal havia iluminado os Jardins e a toada familiar já invadia a intimidade das mansões, ressoando em suave crescendo sob as copas das árvores centenárias que sombrejavam o quarteirão. Entrincheirada no asfalto paulistano, a natureza resistia aos sinais do fim dos tempos: ao amanhecer e no cair da tarde, um coral de maritacas, sabiás, bem-te-vis, pardais, cigarras e grilos, entre outros graciosos *habitués* do refúgio, inundava a vizinhança com uma polifonia tão vibrante que até o mais descrente de tudo seria capaz de se animar.

Banhado pelos reflexos violetas da quaresmeira que dominava o jardim do palacete, o moreno barbudo, de pé sob o pórtico, fechou os olhos e respirou fundo ao fazer o sinal da cruz devagar, com a gravidade que o momento exigia. Nem a algazarra da bicharada nem nada neste mundo poderiam distraí-lo de sua aflição. Para um indivíduo habituado aos paparicos de uma legião de adoradores, tomar chá de sumiço nos cafundós do judas seria a última escolha, quase uma sentença de morte. Mas não tinha outra opção, pelo menos até as coisas se acalmarem. Deixava a contragosto seu Shangri-La privativo levando apenas o bilhete de ida e a forte premonição de um retorno coberto de glórias.

Fazia tempo que deixara de acreditar na providência divina, bem como nos padres e santos da Igreja Católica ou de qualquer outra – longe disso, considerava a fé cega uma espécie de demência e menosprezava os tementes. Entre constrangido e nostálgico, recordava as tantas vezes em que aquele garotinho arisco, antes de sair de casa para a escola, se punha de joelhos diante da imagem da padroeira da família e rezava compungido, implorando por um milagre nas provas finais ou para escapar impune das consequências de alguma travessura mais perversa.

Perdida a inocência, o adulto continuava a se benzer por instinto, mas agora para invocar a intervenção de habitantes de esferas nada celestiais. Em seu delírio místico, julgava-se sob a proteção de entidades cuja natureza, métodos e propósitos não interessava investigar, desde que continuassem a trabalhar por ele. No vale-tudo da vida, acreditava piamente, eram forças ocultas que decidiam o vencedor.

Valdevald, como era conhecido pela maioria das pessoas; Val, para as mais próximas; ou Flautista, o apelido para uso restrito, partia abalado, mas com a consciência tranquila e seguro de suas razões, pois desconhecia a noção de culpa. Pressionado a admitir o erro e assumir as consequências, refugiava-se na conveniência das convicções pessoais. "Cada um responde pelas próprias escolhas, simples assim." E nunca deveria haver motivo de arrependimento, pois "se estamos todos nas mãos de Deus, quem melhor para nos julgar?". Claro, para uma pessoa chegar a confiar integralmente a outra o seu destino, ela deveria sentir, no íntimo, que ninguém melhor do que o seu mestre poderia acolher seus medos e ajudar a superá-los. Para o bem ou para o mal.

"Todo discípulo tem o mestre que merece, só depende do carma", pacificava-se nos raríssimos momentos de incerteza. E seguia olímpico, alheio às vidas partidas deixadas no seu encalço e convicto de fazer a coisa certa. Pelo menos, até aqui.

Agora, resignava-se com a ideia de que, apesar de forçada pelas circunstâncias, a viagem ao Oriente seria proveitosa para a sua imagem e o seu ofício de pescador de almas – sabia bem que este depende daquela, assim como a vara e a linha nada valem sem a isca e o anzol. Além disso, sua integridade física estaria preservada: poderia até ficar exposto a uma dessas bactérias exóticas, que uma discípula mais zelosa lembrou serem comuns por aquelas bandas, mas confiava na saúde de ferro, forjada em anos de rígida disciplina física e alimentação equilibrada, para superar qualquer contratempo. De resto, se o objetivo era sumir do mapa, melhor seria em um lugar que, além de bem distante e fácil de se misturar na multidão, ajudasse a reforçar a sua lenda. E nesse quesito, a velha e boa Índia continuava imbatível.

A estratégia de comunicação, que entendeu ser essencial para o bom termo da empreitada, já estava em curso. A primeira providência sugerida pelos craques em gestão de crises, que Valdevald contratou por uma fábula de dinheiro e a quem revelou o mínimo suficiente, a fim de evitar ainda mais complicações – gente pouco confiável, esses especialistas em abafar malfeitos –, foi reduzir a exposição da sua figura ao vivo e nas redes sociais. Alegou vagas e variadas razões astrológicas para interromper os concorridos *satsangs* (encontros com o mestre) das quartas-feiras e suspendeu a publicação, em seu blogue, das baboseiras de sempre travestidas de sabedoria transcendental, invariavelmente curtidas, comentadas e replicadas ao infinito pelos milhares de seguidores.

Era lamentável, mas por tempo indeterminado ficaria impedido de aceitar os deliciosos convites de amiguinhas do circuito virtual para intercâmbios energéticos presenciais a dois, a três ou mesmo em grupo. Era um pequeno sacrifício, consolava-se, em vista do tanto que estava em jogo.

No centro de terapias alternativas que mantinha na capital paulista, inventou, sempre sob a orientação dos consultores de imagem e reputação, que passaria um tempo embrenhado nas florestas da Caxemira sob os cuidados diretos de um certo Shri Shanaishcharananda, seu mentor espiritual, que só era conhecido de nome, já que do venerável personagem nunca fora vista uma imagem sequer. Seria o primeiro encontro dos dois em corpo físico pois até aqui, rezava a narrativa, mestre e discípulo mantinham-se ligados e em fina sintonia exclusivamente pelas ondas etéreas. Circulavam comentários de que Valdevald já estava há dias em recolhimento e jejum, purificando-se para o grande momento.

Como previsto, o anúncio da peregrinação do mestre teve excelente repercussão entre os discípulos. Sofrendo por antecipação a ausência da luz de suas vidas e, ao mesmo tempo, fascinados com a grande novidade, os eleitos ficaram mais dispostos do que nunca a satisfazer as mínimas vontades do ídolo. Ante a perspectiva de verem brilhar com fulgor redobrado a estrela-guia, os mais abastados engordaram as contribuições – sempre que possível, em dinheiro vivo; dólares e euros, de preferência – para a obra de caridade que Valdevald afirmava manter em Bangladesh "graças ao trabalho abnegado de minha doce colaboradora, Irmã Odile", outra criatura de sua imaginação.

Instalado em imponente casarão de estilo eclético, o Centro para a Evolução Universal – que os frequentadores chamavam de Cantinho do Céu e os mais chegados, apenas de Céu – atraía como ímã endinheirados carentes de atenção e esperança. Um público que só fazia crescer, na megacidade, diante dos horrores veiculados a cada instante na tevê, no rádio e em redes sociais. Atentados terroristas, escândalos políticos e financeiros, epidemias, desastres climáticos, revoluções, genocídios e tragédias ambientais compunham o mosaico macabro de um planeta e uma espécie irremediavelmente mergulhados no caos e na via expressa para a extinção.

"Estamos em plena Kali Yuga, a Idade das Trevas, e a hora do grande acerto de contas se aproxima, meu querido", costumava dizer, com as sobrancelhas sugestivamente arqueadas, aos que buscavam uma palavra de conforto. "A humanidade chegou ao derradeiro ciclo neste planeta de baixa vibração; só conseguirão vencer esta etapa e alcançar os planos superiores aqueles que estiverem quites com seus carmas e afinados com a vibração dos seres de luz."

E eram muitas as almas que batiam à porta do Céu a fim de garantir lugar na arca do profeta e escapar da danação eterna. Executivos com os nervos em frangalhos, jovens descrentes das promessas do sistema, idosos esquecidos pelos seus, buscadores da verdade, infelizes e loucos de todo o tipo abundavam no rebanho de Valdevald, seres frágeis que ele via multiplicarem-se como ratos e buscarem abrigo no santuário dos Jardins.

Tudo ia às mil maravilhas até acontecer o desastre, poucos meses antes do décimo aniversário do Centro. Pela primeira vez, em muito tempo, o universo parecia conspirar contra ele.

O novo recado, datilografado num pedacinho de papel e assinado por um tal de Shani, chegado havia menos de três dias, era explícito: "Quem com ferro fere, com ferro será ferido". Assim como os dois anteriores, fora encontrado pela manhã, espetado em uma vareta de incenso aos pés da imensa estátua dourada do deus Ganesha, figura dominante no eclético altar montado com contribuições dos discípulos ao fundo do *bhavan*, o espaçoso salão reservado às práticas do yoga e aos *satsangs*. Eclético, se não for injusto jogar na conta do sincretismo a reunião, em um único local, de imagens tão díspares quanto divindades hindus, santos católicos, orixás do candomblé e entidades de diferentes facções no campo espiritual, entre as quais a enigmática escrava Anastácia.

Não tinha um minuto a perder. Passara a noite quase toda em claro, listando e revisando os inúmeros afazeres e instruções confiados a suas adoradas *shaktis*: as atividades do Cantinho do Céu não podiam parar e, durante os próximos meses, ele teria de contar com a ajuda das meninas para manter em ordem a casa, supervisionar os terapeutas e, acima de tudo, garantir a transferência das mensalidades e doações para uma conta secreta cujo número e senha só elas conheciam; não por acaso, do mesmo banco nas Bermudas para onde refluíam os donativos destinados à caridosa Irmã Odile e sua obra maravilhosa.

Mesmo maldormido e ainda impressionado com o sonho confuso que o fizera despertar com uma dor de cabeça terrível, concedera uma derradeira graça à sua favorita da hora. Bruna, a ruiva de rosto angelical e recém-completados 23 aninhos, reunia atributos de sobra para justificar os privilégios que conquistara no Céu: além de dona de um corpo espetacular, era esperta – apesar de ingênua –, curiosa, maleável e, sobretudo, bastante esforçada em aprender os segredos do tantra.

Dessa vez, ela estranhou a pressa com que o mestre liberou o néctar. Enquanto se vestia, diante do espelho bisotado no aposento do terceiro andar só franqueado às eleitas, a jovem imaginou se o jeito diferente de Val, naqueles últimos dias, teria alguma coisa a ver com a mensagem de despedida deixada em seu celular pela amiga e ex-rival Eleonora, morta de forma tão triste. Ou com os misteriosos telefonemas recebidos de uma desconhecida, que apenas confirmava se estava falando com Bruna e desligava.

Valdevald persignou-se mais uma vez e, com a confiança que conseguiu angariar entre seus protetores do além, desceu os oito degraus de mármore da majestosa entrada do Centro para a Evolução Universal, venceu nos 21 passos de costume a distância até o portão e aboletou-se no táxi rumo ao aeroporto de Guarulhos.

Através do vidro escurecido, teve um último lampejo de seu Jardim das Delícias e por pouco não se emocionou, mas logo distraiu-se com a gritaria de um bando de maritacas que voava, em improvisada formação, para algum outro retiro nas redondezas.

5

Revelou, ainda garoto, excepcional habilidade com números, acima mesmo dos melhores da turma. Ano após ano, saía vencedor nos torneios de matemática na escola. Era um dom que não podia deixar de explorar, dizia e repetia Mrs. Parker, sua professora de matemática e primeira paixão platônica. Levou o conselho tão a sério que, todas as noites, deitado na cama de olhos fechados, chegava a passar horas exercitando a engenhoca cerebral com operações intrincadas e só depois de resolvê-las entregava os pontos para o sono.

O talento natural, associado a uma obstinação caprina e aos arranjos do destino, acabou por transformá-lo em um ícone do mercado financeiro. Mas Robert White Sherman, estrela das mais fulgurantes de Wall Street, não tinha a menor obsessão pela riqueza; no íntimo, condenava a ganância desmedida e tendia a concordar com o apóstolo Paulo, que pregava ser "o amor ao dinheiro a raiz de todos os males". No entanto, guardava para si o ceticismo acerca da condição humana: o que lhe dava prazer, sem um pingo de culpa, eram os cálculos e a sua grande realização, acertar na aposta e sair vencedor.

Creditava a seu prodigioso aparato congênito precisos 98% da considerável riqueza que acumulara até então. E se orgulhava, embora não o demonstrasse, do epíteto associado a seu nome no mercado: o Matemático. O percentual restante, que ele sabia como ninguém ser tão ou mais ponderável para o invariável êxito das complexas, não raro temerárias, operações sob sua responsabilidade, provinha de outro dom – este, nada exato – que Sherman nunca ousara investigar a fundo.

Pois, apesar da fria racionalidade que cercava todas as suas decisões, sempre que em dúvida sobre aprovar ou não uma operação mais arriscada, ele recorria a seu trunfo secreto: um talismã guardado em uma caixinha cinzenta de papelão aveludado, no fundo da primeira gaveta de sua mesa de trabalho.

Tratava-se de um antiquíssimo dado de marfim, que ganhara do avô quando ainda era rapaz. Embora o objeto estivesse com os Sherman havia mais de um século, nunca se soube direito qual a sua procedência – na versão mais plausível, fora trazido da Índia pelo bisavô, um coronel do exército da rainha, que por lá servira nos tempos da colônia. A mesma pessoa de quem Bob, filho único de uma família tradicional, herdara os vívidos olhos azuis, os modos enérgicos e o corpo alto e esguio, além de uma bela propriedade em Millbrook, ao norte do estado de Nova York. Mas o importante é que, apesar da origem incerta, o dadinho castigado pelo tempo nunca o deixara na mão.

Em nenhum dos volumosos manuais de procedimentos da instituição estava prevista, é claro, a ajuda do invisível. Afinal, eram pessoas racionais conduzindo processos racionais, até porque "dinheiro não aceita desaforo", como rezavam os operadores do mercado. O que não significa que o recurso às forças ocultas fosse descartado, quando a situação parecia grave o bastante para justificá-lo.

Tanto que, em um ano particularmente ruim para as finanças, os patrões chegaram a mandar vir de Hong Kong, contratada a peso de ouro, a melhor profissional de *feng shui* do mercado, a preferida do exclusivo clube de decoradores de Manhattan. Sua missão: diagnosticar e redirecionar – nesse caso específico, para o pavimento imediatamente superior, onde se instalara um concorrente – os influxos nefastos a que, ao menos em parte, se atribuíam os pífios resultados alcançados e, por consequência, os mirrados bônus distribuídos no semestre anterior. E assim ela fez.

Durante seus cinco dias de trabalho na cidade de Nova York, a jovem e atraente Meili, papisa oriental do descarrego e energização de ambientes bilionários, circulou à vontade pelos escritórios do banco, observada com admiração e a respeitosa distância.

Munida de um inusitado conjunto de instrumentos (trena, bússola, prismas de cristal, pêndulos, varetas radiestésicas e tudo mais que se puder imaginar de útil naquele enigmático ofício), fez e refez medições, avaliou os ângulos de entrada da luz solar, aturdiu com perguntas aparentemente sem nexo um ou outro espectador mais curioso. Até um ritual tibetano com oferendas de incenso, flores e frutas, conduzido por uma não menos formosa monja de cabeça raspada, Meili providenciou.

Ao final do espetáculo, para franca decepção da maior parte da plateia, fez mudarem de lugar meia dúzia de móveis e objetos e substituírem outros tantos, a um custo nada desprezível; orientou, com precisão milimétrica, a instalação de espelhos em pontos criteriosamente escolhidos; e mais um peteleco aqui e outro acolá, deu por resolvida a questão. Nunca se soube, ao certo, se a coisa funcionou: as chamadas condições do mercado – ideia fixa de todo o *staff* da casa, do contínuo até o CEO – melhoraram, a vida voltou ao normal e o assunto logo foi esquecido.

Descobriu-se algum tempo depois que a papisa dos bons fluidos não nascera na China, seu nome verdadeiro era Raylai e o ponto culminante de sua carreira nada tinha a ver com o *feng shui* nem com qualquer outra arte mágica. Tratava-se de uma ex-miss Tailândia que, com seus 30 e poucos anos, um rosto belíssimo, corpo escultural e criatividade de sobra, transformara a antiga e, para muitos, controversa ciência chinesa em uma fórmula – essa sim, mágica – de transferir para sua conta bancária o dinheiro dos muito ricos, a começar pelo de seus compatriotas e, agora, gente de todas as nacionalidades.

Nas frequentes visitas à cidade dos prazeres, Meili ou Raylai (como preferir) também aprendera a usufruir ao máximo, sem gastar um único tostão de seus ricos honorários. Em sua jornada de trabalho no banco, por exemplo, sempre que a ocasião se mostrava propícia, confidenciava, com o rosto bem próximo, quase colado ao do ouvinte, que detestava jantar sem companhia e achava insuportável a solidão no frio quarto do hotel...

Encerrado o expediente, sorteava e tirava da fila um dos ávidos corretores e o chamava para jantar. O programa começava com champanhe de 500 dólares a garrafa, em algum restaurante badalado, e prosseguia até o amanhecer, movido a substâncias ingeridas, tragadas e aspiradas, conforme o perfil do candidato. Se a noite evoluísse a contento, convidava finalmente o felizardo a se aquecer na cama gigantesca da não menos espaçosa suíte cinco estrelas, e só então dava a conhecer sua verdadeira competência no domínio energético: a moça era uma diaba encarnada em qualquer posição do *Kama Sutra*.

Bob, o Matemático, até achava graça na história, embora repudiasse a disposição dos patrões, sovinas emperdenidos, em abrir os cofres da casa para patuscadas do gênero. Embora não duvidasse da infalibilidade do seu cubinho mágico nos momentos cruciais, seu mister eram os números – as engrenagens poderosas que moviam essa fantástica máquina chamada Mercado e arrastavam a reboque o destino de bilhões de seres sobre a Terra.

6

Pelas funções que dirigiam, Cátia & Adhemar estavam mais do que acostumados a descascar abacaxis e dificilmente um contratempo os tirava do sério. Porta-vozes da maior empresa de um setor extremamente sensível ao crivo dos ambientalistas e dos críticos do capitalismo, ambos eram peritos em produzir e administrar narrativas convincentes.

Na sala reservada ao conselho, Patrick Millman, o CEO, cumprimentou-os secamente. Com o queixo, apontou sobre a mesa uma caixa preta de papelão com a tampa envolta por um laço de fita já desfeito.

"Um ultimato daqueles malucos, agora nos citando pelos nomes", disparou o texano no seu português de caubói, empurrando o embrulho para os subordinados com as pontas dos dedos e um esgar de nojo involuntário no canto dos lábios finos e tensos, como se procurasse distância do problema.

"Temos de dar um jeito nessa história das abelhas antes que ela nos cause mais dificuldades. Os resultados das últimas pesquisas de opinião são muito positivos e devem ajudar. Agora que o nome do Azambuja foi citado, não tenho como continuar escondendo dos acionistas as ameaças desses radicais. A próxima reunião do conselho vai ser na semana que vem, mas preciso antes discutir com ele uma proposta de solução. Preciso de um posicionamento e de um plano de ação para amanhã! Vocês têm até o meio-dia para me apresentar algo que deixe a turma tranquila."

A dupla se entreolhou em silêncio. Cátia puxou a caixa para si e, com todo o cuidado, ergueu a tampa. Dentro, a pequena imagem em cerâmica de uma divindade hindu segurando em uma das mãos uma cabeça decepada, além da tira de papel besuntada em mel e com apenas duas frases manuscritas: "O doce néctar da vida, que por sua culpa a Terra está deixando de verter, transformarei no amargo veneno da vingança. Pois sou a Mãe Terrível e, como logo saberão, Plínio Azambuja, Patrick Millmann, Cátia Ferrão e Adhemar Bontempo, vocês e sua corporação criminosa prestarão contas à lei maior que rege o Universo".

Longe de enigmática, a mensagem era bem clara. Mais clara ainda do que as imagens do vídeo recebido duas semanas antes, revelando imensos depósitos de produtos químicos em chamas, instalações industriais evacuadas ao som de sirenes de emergência e outras cenas de idêntico teor combustivo. Prenunciava dias de medo e noites insones, tentando evitar o desastre que poderia arruinar suas carreiras e ferir de morte a reputação da empresa e do setor.

7

A verdadeira razão da viagem de Valdevald não se encontrava no outro lado do mundo e de espiritual nada tinha: o objetivo era escapar, enquanto era tempo, da fúria de um pai inconformado com o suicídio da filha caçula. Um desfecho trágico para o que deveria ter sido apenas uma aventura sexual como tantas outras mas, desgraçadamente, se transformara em pesadelo e ameaçava abreviar a passagem do mulherengo pelo mundo dos vivos.

E o apelido "Flautista", autoatribuído em um lampejo criativo particularmente cruel, tampouco se inspirava na doce e divina figura do Senhor Krishna, como as pouquíssimas alunas que conheciam a brincadeira julgavam ser o caso. Na verdade, Valdevald parodiava o protagonista do triste conto dos Irmãos Grimm – sendo que a história engendrada por sua imaginação doentia não se passava na cidade medieval de Hamelin, mas em São Paulo; e quem ele atraía e dominava com o sopro de seu instrumento mágico não eram ratos nem crianças, mas adultos de todas as idades tão ou mais fáceis de arrebanhar.

Citações capengas em sânscrito duvidoso ou de fontes improváveis, proposições pseudometafísicas e platitudes de todo o tipo, sacadas no momento certo e com a devida impostação, soavam como melodia para os seguidores que, na verdade, sentiam-se privilegiados por terem encontrado neste vale de lágrimas a proteção de um ser tão especial.

Consciente de seu magnetismo, mas avesso a sentimentalismos, ao mesmo tempo em que desprezava a fraqueza e ingenuidade alheias, o Flautista sentia-se grato pelo poder que, gratuitamente, lhe outorgavam. E mais reconhecido, ainda, pela generosa atenção recebida das alunas prediletas – suas *shaktis*, como gostava de chamá-las.

Sagaz, atento aos detalhes e dono de apurada intuição, em poucos minutos de conversa ele era capaz de captar o suficiente para deixar qualquer um impressionado com o tanto que sabia de si aquele até então completo desconhecido. Quando a vítima era mulher e despertava o fauno insaciável que habitava suas profundezas, em pouco tempo o malandro ganhava intimidade e, ao sentir abertura para avançar, apelava para historinhas manjadas, porém infalíveis – os dois já haviam sido muito próximos em vidas passadas, o universo tinha conspirado para que o reencontro acontecesse e pudessem acertar as contas cármicas...

Rudimentos de astrologia, numerologia, quiromancia, fisiognomonia e outras ciências ditas herméticas, aprendidas com o misterioso personagem que o apresentou ao yoga, forneciam subsídios preciosos e eram fonte de matéria-prima para o ofício de encantador. Nas não poucas vezes em que chutava e acertava de primeira o signo solar do interlocutor, proeza de que muito se orgulhava no íntimo, conquistava na hora um novo seguidor.

"Até receber dos guardiões do universo a graça da iluminação, vivi na carne e na alma o que existe de dor e miséria humana." Afora a narrativa de superação recheada de lugares-comuns, que repetia em versões customizadas de acordo com a plateia e a ocasião, silenciava sobre tudo que dissesse respeito ao passado. "Ao renascer na vida espiritual, despi-me do ontem e abri mão do amanhã; vivo só o aqui e o agora; meu único propósito é servir de instrumento às esferas celestiais", com algumas poucas variantes, era sua resposta padrão para os abelhudos.

Perfil ele tinha de sobra para o mister – o sotaque levemente espanholado, de origem nunca esclarecida; a pele morena avermelhada dos xamãs; e o nome esquisito, que afirmava ser iniciático e mais não podia comentar "por questões espirituais", apenas reforçavam a aura enigmática em torno do gajo. Apesar da estatura modesta em seu metro e setenta, dominava o interlocutor com o olhar penetrante e a voz grave, emanada de profundezas abissais, reforçados pela calma deliberada nos gestos das mãos longas de veias salientes. Na cabeça avantajada, ornada pela barba cerrada e a cabeleira presa no topo por um coque de samurai, as mechas grisalhas denunciavam a proximidade dos 50. Trajes despojados e sandálias de couro rústico completavam a figura, que poderia ser classificada como razoavelmente apresentável, não fossem a pancinha saliente por debaixo da túnica e duas mal ajambradas pontes fixas, uma de cada lado da arcada superior, emulando pré-molares há tempos perdidos.

Quando tudo começou, justiça seja feita, Valdevald tinha as melhores intenções: recuperar a saúde mental, deteriorada por anos a fio de dedicação a todo o tipo de substância causadora de dependência e a parceiras tão ou mais porra-loucas do que ele; e financeira, comprometida com a mesma determinação ao longo e em função do processo. Do fundo do poço, emergiu com a gana dos desesperados em busca da salvação.

Rejeitou de saída, por instinto de sobrevivência, o coquetel de ansiolíticos, antidepressivos e estabilizadores de humor sugerido pelo psiquiatra de trinta e poucos anos, ao final de uma consulta que não chegou a durar meia hora. Deitado no divã, de olhos fechados e dedos cruzados sobre o peito, passou exatos 45 minutos desfiando histórias tenebrosas para o analista, que fingia tomar nota para disfarçar o mal-estar. Em outra ocasião, após esforços sinceros (mas infrutíferos) de entregar-se ao transe hipnótico e regredir a vidas passadas, sentiu pena da psicóloga e pôs-se a inventar fatos absurdos, acolhidos e interpretados com entusiasmo pela jovem. Teve os *chakras* escaneados pela dona de um belo par de olhos violeta que, distraída com aspectos mais conspícuos da anatomia do consulente, não hesitou em com eles regalar-se ao final da sessão. Rodou pouco à vontade, e não sem sobressaltos, por centros espíritas, de umbanda e candomblé. Experimentou florais de Bach, as danças circulares dos dervixes e a cabala, tudo em vão. Quando cogitou aconselhar-se com o jovem rabino do prédio ao lado, que volta e meia puxava conversa na livraria-café da esquina, percebeu que já tinha ido longe demais e resolveu dar um tempo.

Perdida a paciência para gente que julgava ainda mais perdida que ele, mas decidido a não entregar os pontos, Valdevald tomou conhecimento do yoga, um método de cura cujo êxito dependia exclusivamente do esforço do paciente e tinha como meta a autossuficiência absoluta – ou seja, a saída ideal para um indivíduo totalmente autocentrado como ele. Pelo menos, foi o que subentendeu nas primeiras conversas com Hector Galdéz, o sujeito esquisitão que, além de vizinho, era seu inquilino, e de quem veio a aproximar-se por força das circunstâncias no pequeno prédio de três pavimentos herdado dos pais na Vila Madalena.

Todas as manhãs, às quatro e meia em ponto, religiosamente, os moradores eram arrancados do sono por três urros fenomenais, acompanhados de uma série de três longos mugidos de vaca, enquanto o cheiro acre de incenso invadia os corredores, no que parecia fazer parte de um estranho ritual. Diante das reclamações, o senhorio foi obrigado a apurar e confirmou suas suspeitas: o celebrante era um peruano baixinho, careca e de cavanhaque, olhos rapaces e pinta de poucos amigos; tinha se mudado para o prédio havia alguns meses e nunca depositava em dia o dinheiro do aluguel.

O sujeito mantinha uma barraquinha de incenso, velas aromáticas, cristais e artefatos esotéricos para todos os gostos nas feiras da Praça Benedito Calixto e do Bixiga, aos finais de semana; nos dias restantes, jogava e ensinava a ler o tarô, consultava o I Ching, dava aulas de hatha-yoga e o que mais se possa ministrar, em domicílio, das antigas ciências do Oriente. Conversa vai, conversa vem, descobriram afinidades além da origem hispânica e não tardaram em combinar a permuta de aulas particulares por um desconto generoso no aluguel.

Valdevald levou a coisa toda tão a sério que virou obsessão. A certa altura, chegava a dedicar 12 horas diárias às limpezas, posturas e exercícios respiratórios ensinados pelo bruxo cusquenho. Abandonou a bebida e os aditivos químicos, passou a abster-se de qualquer tipo de carne e tornou a purificação do corpo uma ideia fixa. Consumiu em jejum o sumo de milhares de limões, passou um mês inteiro à base de arroz integral e viveu de caldos antioxidantes por períodos de 7, 21 e 49 dias. Não satisfeito, e sempre sob a orientação de seu guru peruano, durante semanas a fio bombeou reto adentro litros e mais litros de água morna, glicerina e misturas variadas (leite com mel, inclusive) – em suma, submeteu-se ao inimaginável a fim de livrar-se das impurezas que, ao obstruírem os canais energéticos do corpo sutil, impediam o avanço na senda da autoperfeição.

Para alívio do mentor, que da filosofia pouco ou nada conhecia, o discípulo não tinha paciência para a leitura nem o mínimo interesse pelos aspectos teóricos – atraía-lhe sim, e como, a possibilidade de adquirir superpoderes. Extasiava-se tal qual uma criança ante o teatrinho de marionetes quando Hector descrevia as proezas fabulosas dos iogues, seres capazes de voar, teletransportar-se e até cruzar, a seu bel-prazer, a fronteira entre os mundos dos vivos e dos mortos.

Valdevald tanto fez que conseguiu. Após alguns anos, percebeu que tinha passado a atrair as pessoas como moscas no açucareiro e se tornara capaz de antever o futuro. Na época, chegou a recordar algo que sua mãe contou ter ouvido de uma comadre com fama de vidente: "Seu menino vai adquirir uma força que pode ajudar ou atrapalhar a vida dele e de muita gente; só depende de como ele usar".

Apesar da lembrança – mais provavelmente, em virtude dela –, empenhou-se com maior vigor ainda nas práticas, já pensando em como tirar proveito dos dons. No circuito da cura, tinha aprendido um bocado sobre a miséria humana e modos de explorá-la. Ao peregrinar por consultórios, terreiros, templos, centros, salas de terapia e conversar com titulares e frequentadores, fora testemunha da absurda ingenuidade com que as pessoas se entregavam a estranhos. Encerrada ao conhecer o mentor, sua busca interior acabara se tornando uma virtual pós-graduação na arte do embuste.

A primeira vez que ocorreu uma visão foi em sonho. Ele entrava no prédio e se deparava com a inquilina do andar de cima, uma tiazinha bem ajeitada com quem já havia trocado olhares. Ela pedia uma mãozinha com as compras do supermercado. Prestativo, subira com os embrulhos e já nas escadas se atracaram, para acabar minutos depois na cama da madame. Ao despertar, com uma estranha pulsação na têmpora esquerda, desconfiou que a história não era bem um sonho; a certeza veio no mesmo dia, quando ao voltar da rua, topou com a vizinha saltando do táxi cheia de compras...

O fenômeno se repetiu várias vezes, de formas diferentes. As premonições podiam levar dias, semanas ou até meses para se concretizarem, mas não falhavam. À medida que a clarividência se confirmava, Valdevald descobria novas maneiras de se beneficiar. Ganhou no jogo do bicho, na loteria e até na bolsa de valores, com a ajuda de um amigo que operava com ações. Mantinha bloco e caneta sobre a mesinha de cabeceira e anotava tudo, metódico e cioso do tesouro confiado pelo oculto. Quando em dúvida, recorria a conhecidos para esclarecer os prognósticos soprados pelos protetores do além-vida.

Em pouco tempo, amealhou o suficiente para adquirir à vista o imóvel nos Jardins e ali instalar sua nova e inesgotável fonte de renda: um luxuoso espaço de cura aberto a qualquer vivente disposto a desembolsar um bom *tutu* em troca da atenção personalizada de especialistas em praticamente todas as terapias alternativas conhecidas, recomendadas pelo agora guru.

8

Depois de uma vida quase inteira a serviço de um sistema ainda mais perverso do que aprendera com seus professores marxistas na universidade, Bob Sherman, o Matemático, enfim descobrira o propósito maior de sua existência. E, para sua surpresa, na Índia, onde há dez anos passara a viver com simplicidade monástica.

A essa altura, o entusiasmo com que mergulhara no grande projeto de sua vida, prestes a ser concluído, havia esmaecido as lembranças daquela manhã de setembro, quando tudo começara. Até poucos anos antes, não era raro despertar no meio da noite, suado e tremendo de medo, com as imagens do dia do desastre ainda bem nítidas na mente.

De todo modo, dera tudo certo com o plano concebido logo após livrar-se da fumaça e do pó levantados com o desabamento das torres. A mente privilegiada não o deixara na mão e, em questão de horas, já tinha maquinado uma saída triunfal, não apenas do caos instalado pelos atentados, mas da merda de vida a que parecia condenado.

No primeiro momento, saíra perambulando como um zumbi, em estado de choque, tentando se afastar da confusão. Carlos, coitado, ignorando o conselho do cliente e amigo e as sirenes de emergência, correra para dentro do prédio, desesperado atrás dos pais e irmãos.

O velho Javier, ascensorista no final de carreira, trabalhava no World Trade Center desde a sua fundação. Foi ele quem conseguiu para o filho caçula a disputada licença para trabalhar na engraxataria do térreo e, para a mulher e os outros dois filhos, o serviço em uma das firmas de limpeza que atendiam ao condomínio. Todos os quatro estavam no interior da torre no momento do impacto e, agora, provavelmente jaziam sob a montanha de escombros, junto com seus colegas e clientes do banco.

Quase uma hora depois, longe da zoeira e um pouco mais calmo, entrou numa cafeteria familiar, agora lotada de clientes. Sua presença passou batida: todos tinham os olhos grudados nas telas de TV penduradas acima do balcão, hipnotizados pelo *replay* macabro das cenas da destruição. Vasculhou as roupas cobertas de cinza em busca de um trocado para pagar o café. Nos bolsos da calça, encontrou, além de uma cédula de 50 retirada da carteira pouco antes de descer para a engraxataria, uma tirinha de papel dobrada em dois, malocada num gesto instintivo após breve reunião privada com um cliente sérvio que se passava por empresário de transportes, mas poucos no banco ignoravam tratar-se de mais um escroque do Leste Europeu.

Pensou na mulher e nas filhas. Visualizou Sarah, solitária no aconchego da mansão em Millbrook, as pernas encolhidas no sofá, diante da televisão, com o infalível robe cor-de-rosa, chinelos de pelúcia, cabelos presos e rosto inchado, ainda entorpecida pelas pílulas que a escravizavam. Imaginou a companheira de mais de três décadas de vida com os olhos fixos na tela e a mente fervilhante, às voltas com sentimentos e ideias muito similares aos que ele próprio nutria naquele exato momento. "Melhor assim, o destino é sábio e decidiu por nós."

Muita coisa havia mudado desde que se conheceram, ainda jovens, em um baile na pomposa Vassar College, onde Sarah concluía sua graduação em literatura inglesa. A vivacidade, mais do que a beleza da bem-nascida, sofisticada e elegante mocinha loura de olhos verdes e corpo *mignon*, o encantou. Depois de poucos anos de namoro, ela engravidou e decidiram formar uma família.

O casamento, pacato como a região onde haviam nascido, crescido e continuavam a viver, evoluiu de maneira previsível: passada a paixão, o entusiasmo inicial e superada a fase dedicada às filhas, o convívio foi ruindo aos poucos, minado pela flagrante diferença de temperamento e interesses entre os dois. A começar pela vida social, na pequena e endinheirada comunidade de Millbrook e localidades vizinhas, que atraía a mulher na mesma proporção em que afastava o marido.

Bob desprezava a ignorância, a leviandade, os fuxicos, a hipocrisia politicamente correta da maioria dos vizinhos e conhecidos – quase todos, rentistas com a vida resolvida de berço, mas "cônscios de sua responsabilidade social", como gostavam de dizer. No fundo, o Matemático sabia bem, eles estavam muito mais interessados nos prognósticos do mercado financeiro e em uma boa dica de investimento do que em discutir os novos rumos do capitalismo ou a concentração da riqueza mundial. Mas suportou, estoico, as festinhas de aniversário infantis, os cansativos churrascos à beira do lago ou da piscina e as seguidas recepções em casa ou no clube, organizados por Sarah pelos motivos mais fúteis.

Nesses encontros, era inevitável o momento em que os homens, copo de bebida em uma das mãos e charuto na outra, trocavam comentários impublicáveis sobre os atributos físicos das mocinhas presentes, muitas delas em trajes de banho. Só não iam a julgamento as filhas de quem estivesse na roda, é claro. Bob ficava injuriado com a baixaria dos sujeitos, que se passavam por puritanos e nunca perdiam a missa de domingo na igrejinha local.

E tinha o consumismo da turma, que contaminava sua mulher e era motivo permanente de desgaste no casamento. A aquisição mais recente da família, concretizada por insistência dela, permanecia dentro da garagem, coberta por uma capa de couro legítimo forrada de flanela: um Jaguar XK 140 azul conversível, de 1955. Além de ter custado uma grana preta, a extravagância justificara a associação dos Sherman a mais um dos muitos clubes exclusivos com que Sarah tratava de enfeitar a vida.

Muito ativa na comunidade, seu nome constava de praticamente todos os conselhos e diretorias de entidades beneficentes de Millbrook e redondezas. Como adorava viajar, não perdia um único evento da agenda, dentro e fora do país, do seleto círculo de leitura que ajudara a criar. O último tinha sido em Praga, de onde retornara particularmente entusiasmada – em suas próprias palavras, fascinada pela cultura, beleza arquitetônica e clima romântico do lugar. Mas na verdade, e Bob já desconfiava disso, sobretudo pelo charme de um certo escritor romeno especializado em línguas mortas, uma estrela acadêmica de terceira cujo brilho pálido parecia ter sido suficiente para cegar sua mulher.

Bob tinha um perfil bastante diferente, quase antípoda ao de sua mulher. Era um sujeito quieto, estudioso e reservado, que durante a semana inteira podia ser encontrado dentro do banco, de dia; ou em casa, à noite, imerso na leitura de análises financeiras em seu escritório particular revestido de painéis de cerejeira, no sótão. Quase não bebia, comia frugalmente e prezava a simplicidade. Seus únicos sinais exteriores de riqueza, extravagâncias que se permitia mais por vínculo afetivo do que por ostentação, eram itens de uso pessoal herdados de um tio-avô que fizera fortuna no mercado imobiliário de Nova York, nas duas primeiras décadas do século: uma rara edição da Patek Philippe em ouro branco maciço e um conjunto de abotoaduras e prendedor de gravata em ouro e diamantes da Cartier.

Seus momentos de lazer ao ar livre eram sempre na companhia de seu único amigo do peito: Otto, um parrudo rottweiler que Sarah detestava. Aos 5 anos, o cão vinha de uma mesma linhagem bávara que os Sherman criavam havia décadas e batizavam com nomes humanos; tanto seu genitor, Manfred, como seu progenitor, Rolf, haviam acompanhado o menino na infância e na adolescência. Para Bob, era como se fossem a mesma alma canina em sucessivas encarnações: a memória atávica das experiências e aprendizados registrada no DNA e transmitida fielmente de pai para filho.

Mas o tiro de misericórdia no casal fora disparado dez anos antes, com a morte estúpida da primogênita, Pamela, em seu 15º aniversário, a cervical fraturada num tombo infeliz com a bela égua baia presenteada pelo pai. Bob nunca se livrara da culpa, que Sarah, inconsolável, tratava de realimentar sempre que a ocasião fosse propícia – e o fazia sem piedade, com um zelo e uma constância tais que destruíram de vez qualquer possibilidade de recomporem a relação.

Havia algum tempo, Bob vinha cogitando deixar o banco, pôr um fim ao casamento e começar vida nova. Sonhava em dar o fora para algum lugar distante de tudo e de todos, num sabático definitivo. Sua rotina se tornara insustentável nos últimos meses.

A relação com Samantha, a filha mais nova – a quem era muito apegado, embora nunca o tivesse admitido nem demonstrado plenamente –, havia deixado de existir, após anos de conflitos entre os dois, desde que ela abandonara o estágio na área jornalística da Bloomberg News para se filiar a uma obscura organização ambientalista. E agora, escrevendo certo por linhas tortas, o destino o libertara disso tudo. Tinha cumprido seu papel. Sarah e Samantha ficariam bem e essa certeza o apaziguava.

Além do generoso seguro de vida, elas herdariam a propriedade e um belo patrimônio em dinheiro e títulos. Sarah poderia se casar novamente e experimentar com outra pessoa (quem sabe, o tal escritor romeno) a felicidade que, como ela não cansava de repetir, o marido fora incapaz de proporcionar. Samantha encontraria o seu caminho e seu espírito inquieto, mais dia, menos dia, iria serenar. De fato, a única grande preocupação de Bob, ao decidir que seu nome iria constar do rol das vítimas fatais do atentado, era com o destino de Otto.

Aquela tirinha de papel dobrada representava sua carta de alforria, sua licença para renascer nesta própria vida. Nela, estavam anotados os números e senhas de acesso a várias contas de uma mesma pessoa jurídica, na Suíça, que o cliente mantinha sem o conhecimento dos sócios e onde depositava o que chamava de seus "bônus por desempenho".

Chamando o Matemático para uma conversa reservada, pouco antes de entrar em reunião de rotina com outros executivos do banco, o sujeito de olhos miúdos e astuciosos lhe confidenciara uma história para boi dormir. Em resumo, se "desentendera" com os parceiros do negócio nunca bem esclarecido – mas a julgar pelos montantes e tipo de movimentações, certamente ilícito – e decidira, então, "encerrar a sociedade" (neste ponto da conversa, Bob imaginou por que meios e estremeceu) e "dar um tempo, até que as coisas se acalmassem". E confiara ao Matemático a missão de administrar seu pé-de-meia de 50 milhões de dólares, da forma como achasse melhor, desde que permanecesse incógnito o dono do dinheiro.

Tudo indicava que ninguém mais sabia desse arranjo, apenas os dois. E agora, só o Matemático.

9

"Nossa missão é proporcionar colheitas abundantes, saudáveis e seguras com base na ciência e na tecnologia, a fim de assegurar a disponibilidade de alimentos para as pessoas no mundo inteiro", era a resposta invariável de Cátia Ferrão, em encontros com a imprensa, quando repórteres mais assanhados punham em xeque o propósito do negócio.

Nos últimos tempos, a vice-presidente de assuntos corporativos da filial mais lucrativa da Cronus tinha a impressão de que os jornalistas que cobriam o agronegócio, sobretudo os mais jovens, haviam se investido da missão de salvadores do planeta. Por mais que as empresas se empenhassem em atender bem às demandas por informações ou entrevistas, as matérias saíam quase sempre enviesadas – a Cronus ou suas congêneres retratadas como vilãs; e as pessoas no mundo inteiro como vítimas. Para a executiva, esses jornalistas mais pareciam hienas farejando carniça, ou melhor, ladrões de sepultura ávidos por exumar cadáveres que a ela interessava manter bem longe dos olhos e narinas da opinião pública.

Apesar de ser parte da função fazer cara de paisagem diante de perguntas difíceis e aparentar o máximo de boa vontade em esclarecer, com fatos e números, os assuntos mais delicados – *issues* do *trade*, no linguajar pretensioso dos comunicadores da indústria –, a executiva tinha cada vez menos paciência com as questões recorrentes levantadas a cada coletiva de imprensa ou videoconferência com investidores.

Como a transparência, prestação de contas e responsabilidade socioambiental eram atributos essenciais do pacote de virtudes com que a companhia se apresentava ao mercado; e demonstrar que eram levados a sério dentro de casa, condição *sine qua non* para garantir presença nos cobiçados índices de sustentabilidade e governança diferenciada nas bolsas de valores, cada novo *issue* significava, para Cátia e sua equipe, considerável dispêndio de tempo e energia para apurar os fatos, alinhar posicionamentos, produzir termos de referência, manter tudo sempre atualizado – enfim, administrar a reputação de uma empresa do porte e perfil da Cronus equivalia, em certo sentido, a enxugar um gigantesco *iceberg*.

Não bastasse isso, quanto mais a indústria se esforçava por legitimar-se aos olhos dos órgãos reguladores, da comunidade científica e da opinião pública, com mais garra as ONGs pareciam revidar, amparadas pelo financiamento coletivo e o poder de fogo das redes sociais.

Desde que assumira a vice-presidência de encrencas, pepinos e abacaxis – como Cátia apelidava sua área nos poucos momentos de descontração –, nenhum assunto fora mais polêmico do que este que agora desafiava seu sangue-frio e o do colega Adhemar. Embora devessem agir bem afinados, pois a crise de imagem poderia afetar a percepção do investidor e, por conseguinte, o valor de mercado da corporação, ela praticamente não podia contar com o diretor financeiro, cujas permanentes preocupações, quase ideias fixas, eram o desempenho do trimestre, a opinião dos analistas e o impacto no preço das ações.

A questão do momento vinha ganhando relevância no mundo financeiro, a julgar pelas últimas teleconferências com os analistas: havia crescente temor de que os produtos da linha mais rentável da Cronus fossem banidos na Europa e na América do Norte e, em consequência, o faturamento despencasse. Por conta disso, Cátia e seus pares de outras subsidiárias da firma haviam permanecido uma semana inteira em Londres, reunidos com a equipe da Chimera, agência de RP inglesa que atendia à conta global da corporação.

"Devem se achar o máximo", divertia-se a Cigana, "mas parecem bonequinhos empertigados dentro de seus uniformes escolares". Referia-se à indumentária dos profissionais da casa, imersos em seus afazeres, que ela examinava de passagem ao cruzar o amplo andar aberto, a caminho da reunião. Os homens, quase sempre de *blazer* ou terno escuro, camisa de colarinho alto, gravata da universidade ou academia militar e sapatos pretos de amarrar; as mulheres, em sua maioria, de *tailleur* preto ou azul--marinho, camisa de abotoar clara e calçado de salto baixo e solado de borracha.

Horas depois, ao final de mais uma cansativa rodada de discussões, ela de novo se forçou a relevar o maldisfarçado paternalismo, quase condescendência, no semblante e tom de voz dos maiorais da agência, embora eles soubessem muito bem que a fatia mais gorda do *fee* pago pela cliente global vinha da filial brasileira e que era ela, e ninguém mais, quem liberava a grana. Por vezes, chegava a achar que eles carregavam no sotaque *posh* e abusavam do jargão do ofício só para provocá-la. Mas, tinhosa, mantinha no rosto seu sorriso padrão e arrancava dos panacas tudo o que precisava.

"Esse malandro, até onde sei, tem péssima fama entre os ambientalistas. Vocês não acham que, com esse histórico, ele pode comprometer nossa estratégia em vez de ajudar?", ela provocou. Discutiam um a um os nomes da lista, apresentada pela agência, de cientistas de notório saber cujos posicionamentos poderiam amparar a empresa no problema da vez.

"Doctor Govind é referência internacional na área de defensivos químicos, Kathy querida", replicou Jonnie, o manda-chuva da Chimera, com a sutil autoridade que sempre sublinhava suas falas. "Se você acha inadequada a escolha, iremos sugerir outros nomes, mas antecipo que será bem difícil encontrar alguém mais apropriado para esta missão."

A cliente preferiu não replicar. Como costumava acontecer, acabara distraída com o sorriso do interlocutor, enegrecido por sabem-se lá quantas décadas de chá, café, tabaco e vinho tinto. "Que absurdo, um executivo desse nível com a boca cheia de dentes de alho!", pensou, rindo com seus botões.

10

Já pela terceira noite seguida despertava do mesmo pesadelo com a neta, o lençol molhado de suor. Estava aflita com Cátia e certa de que sua protegida necessitava de toda a ajuda que pudesse receber.

Se havia alguém no mundo de quem Consuelo gostava de verdade era daquela menina travessa de olhos esmeralda. Tinha a alma à flor da pele, capaz de infinita ternura e compaixão, mas também de infligir sofrimento; e em suas veias corria o sangue celta, herança bendita e maldita dos antepassados da Galícia, a mesma relação visceral, indomável, com as forças da natureza. Consuelo sempre soube: da mesma forma que ela, sua mãe e todas as filhas únicas da família, a neta tinha o poder da magia, para o bem ou para o mal.

A matriarca da família rezava por Cátia todos os dias, diante da imagem de Nossa Senhora da Conceição, pedindo luz no caminho da neta e que o dom recebido não se tornasse sua ruína. Lamentava perceber que a sensibilidade da menina endurecera devido à rigidez paterna e ao abandono da religião.

Consuelo nasceu em 1931, num lugarejo próximo de Santiago de Compostela, Mélide, uma aldeia medieval em pleno século XX onde as mulheres se vestiam de preto, viviam virtualmente casadas com os santos da Igreja e nunca se atreveriam a disputar com os homens o lugar de mando. Ainda assim, a intimidade com o oculto e a capacidade de intervir no destino eram virtudes reservadas sobretudo às representantes do sexo feminino.

Eram tempos difíceis na família de agricultores muito rudes. A irmã mais nova, ainda bebê, fora estupidamente morta pelo pai, que num acesso de fúria etílica jogou a filha do alto da escada. Uma meningite fictícia, sugerida pelo médico que vez por outra visitava a aldeia, foi a justificativa encontrada pelos pais para suas nunca superadas dificuldades na escola – Consuelo se fez na vida e envelheceu analfabeta como veio ao mundo.

Começou a trabalhar aos 6 anos, fazendo pequenos serviços para os vizinhos a troco de comida. Chegou a passar fome com a mãe, depois que o pai abandonou-as e, aos 12, ficou sozinha no mundo. Foi então acolhida pela família de um médico ginecologista que atendia na própria residência, em Santiago de Compostela. A mocinha fazia toda a labuta doméstica: limpava os assoalhos com escovão "até brilharem como espelhos", cozinhava, lavava e passava a roupa com ferro a lenha, além de manter impecáveis o consultório e instrumentos de trabalho do seu benfeitor.

Nunca reclamou da sina de gata borralheira: pelo contrário, agradecia todos os dias pelas graças recebidas. Mais tarde, quando conseguiu amealhar o bastante para se tornar ela própria a patroa, recordava com nostalgia a adolescência, reconhecida ao menino Jesus e à sua santa padroeira, por lhe terem concedido a proteção de uma família de verdade, gente do bem.

Em 1949, estancada a sangueira da revolução civil e da guerra, deu as caras em Santiago seu tio Manolo, trazendo para a sobrinha uma proposta de casamento arranjado com um rapaz que conhecera no Brasil. Era a oportunidade para uma vida mais digna e Consuelo não pensou duas vezes. Por procuração, Manolo representou José, o noivo que a mocinha de 18 anos conhecia apenas de fotografia – um bigodudo sisudo em seu paletó e gravata – e a união foi consagrada. Os pais-patrões ajudaram, presenteando a filha-criada com um pequeno enxoval que Consuelo traria de navio para o Rio de Janeiro, a terra onde pretendia começar vida nova e prosperar com o marido.

Um ano depois, na chegada à Praça Mauá, ansiosa pelo encontro com o príncipe encantado, ficou aflita ao não distinguir na multidão o rosto do retrato, e só quando o cais estava quase vazio constatou, arrasada, que José não tinha ido buscá-la. Uma mulher se apresentou para conduzi-la até o noivo, que a aguardava em casa, ali perto, no Estácio. Ele tampouco estava lá e quando enfim apareceu, tratou-a com o mesmo desdém que iria marcar as quatro décadas de relacionamento.

Obstinada, trabalhadora e muito inteligente, Consuelo soube transformar em negócios lucrativos a *expertise* acumulada nos tempos de dureza. Começou a trabalhar como doméstica em casas de família, poupando cada tostão para o projeto secreto, que só Nossa Senhora da Conceição conhecia. Reuniu o bastante para alugar o imóvel em Copacabana onde inaugurou uma pensão. Foi com o dinheiro ganho ali que a moça, enfim, conseguiu associar-se a outros galegos já bem estabelecidos na cidade.

Sempre com a ajuda da padroeira e de uma fé a toda prova, além de muito trabalho, tornou-se a respeitável proprietária de restaurantes famosos da Zona Sul, conheceu gente importante e enriqueceu. Só não envelheceu milionária pelas estripulias do marido, que torrou com as amantes e o carteado boa parte das economias da esposa. Pior, cabeça dura que era, desprezou os avisos de Consuelo e enterrou em uma série de negócios funestos quase todo o patrimônio do casal.

Viúva, passou a viver em Campos com o filho e a nora. O aluguel dos poucos imóveis salvos da sanha de José, já falecido, garantia uma renda confortável, suficiente para reforçar o orçamento da casa. Pablo ficara amargo e desiludido desde que perdeu o emprego de gerente da usina, depois de décadas dedicado como um cão aos interesses dos patrões. Mal falava com a mãe e a esposa, mas sua relação com Cátia, que quase sempre fora complicada, melhorara bastante depois que ela virou uma pessoa importante. Jamais se conformou em não ter tido um filho homem, e se incomodava com o olhar e o timbre de voz da filha, nas incontáveis vezes em que ela ousava desafiar o galo da casa.

Aos 81 anos, a senhorinha de pele clara e vívidos olhos azuis continuava robusta, apesar do reumatismo que lhe tolhia os passos. Os vincos do rosto, fortes e profundos, assim como a rudeza da palma áspera e dos dedos grossos das mãos, revelavam sua história de luta e superação. Guardava do passado apenas as coisas boas, não tinha mágoas. Conservava a atitude reticente de quem conhece as maldades do mundo e já sofreu o seu quinhão. Mas se compadecia da dor alheia e praticava a caridade a cada gesto, pois essa era sua natureza.

O poder que emanava vinha de uma conexão com o oculto, trazida do berço e por muito tempo prudentemente reprimida – temia que a extrassensibilidade e a clarividência fossem interpretadas pelos obtusos aldeãos de Mélide como loucura ou bruxaria e a condenassem ao isolamento, tal qual acontecera com a mãe.

Tinha uma fé inabalável na Santíssima Trindade, mas com o mesmo fervor e sem o menor preconceito estava pronta a reverenciar o divino, do jeito que se apresentasse. Sabia que o credo não importava, que eram o mesmo Deus e as mesmas forças espirituais com nomes diferentes. Nas longas horas de oração, dialogava com os santos católicos como se fossem amigos íntimos. Nos momentos de transe, incorporava entidades da linha do Oriente e do candomblé, sempre a serviço do bem. Era capaz de ler nas cartas o futuro de qualquer um, tim-tim por tim-tim: podiam até demorar, mas as coisas acabavam acontecendo do jeito que ela tinha previsto.

Nos últimos tempos, vinha crescendo em seu peito uma aflição inexplicável, a sensação de desastre iminente. Restava-lhe rezar seguidas novenas pela neta, que, em pesadelos recentes, via ser atacada por um gigantesco enxame de abelhas, em meio a um zunido ensurdecedor.

11

Embora o admirasse pela inteligência, a Cigana implicava com o cara, entre outros motivos, por ele insistir em chamá-la pelo nome em inglês, precedido pelo abominável *dear*. Mas, se havia alguém no mundo que entendia do riscado, quando se tratava de urdir narrativas e tapear a opinião pública, era aquele súdito sessentão da rainha. À primeira vista, evocava um improvável cruzamento de lobo com águia, imagem reforçada pelo corte militar reto, o narigão adunco, lábios finíssimos e os miúdos e astutos olhos cinzentos. O tempo e o convívio apenas confirmavam a impressão.

Em quarenta anos de batente, Jonathan Drake acumulara admirável portfólio de missões espinhosas levadas a bom termo, e seu nome era reverenciado no meio das relações públicas. Megaempresários, celebridades da indústria da moda e do entretenimento, tiranos para todos os gostos e até eminências do Vaticano, entre outros personagens de passado nebuloso, ou de presente complicado, ou ambos, deviam-lhe bem mais do que poderiam revelar, caso um dia decidissem publicar suas biografias.

Em todos os seus *cases* de sucesso, valera-se das mesmas cartas do surrado baralho do ofício, que servia tendo em vista os interesses do cliente e os da agência – não necessariamente nesta ordem. As técnicas do *spinning*, ou manipulação da verdade, de inovadoras, mesmo, nada tinham: quando a imagem e a reputação estão em risco, a estratégia básica é explorar ao máximo os ângulos favoráveis da questão, cuidando o tempo todo de amenizar e, se possível, suprimir os desfavoráveis.

"O que importa não são os fatos, e sim, como são percebidos", pontificava Jonnie, como o chamavam os íntimos. Concebia a opinião pública como uma massa difusa de pessoas ingênuas prontas a engolir, sem mastigar, os pratos que ele e seus colegas preparavam e punham à mesa com esmero.

Considerações éticas entravam no cardápio para adornar histórias virtuosas, bem ao gosto dos cidadãos politicamente corretos, por quem nutria sentimentos ambíguos: ao mesmo tempo em que os desprezava pela tola pretensão ao monopólio da virtude, também era grato por estarem o tempo todo atualizando o glossário onde os cérebros da casa iam buscar os termos e expressões ideais para engabelar as massas.

Os políticos e a imprensa, a despeito de todo o seu poder de influência, constituíam um grupo relativamente fácil de lidar, desde que se abrisse o cofre. Notícias escandalosas sobre temas de interesse coletivo podiam sumir dos debates em plenário e das manchetes dos jornais após meia dúzia de telefonemas ou conversas pessoais reservadas, conforme a gravidade da questão. Quanto mais explosivo o assunto, mais cara a resolução, apenas isso.

O caroço do angu era um terceiro contingente de formadores de opinião, os paladinos da justiça social e do meio ambiente, os engajados na luta contra as iniquidades do mundo. Até bem pouco tempo atrás, essa turminha de encrenqueiros mal era ouvida pelos cidadãos e, quando aparecia no noticiário, vinha sempre com os mesmos protestos ridículos, os mesmos cartazes com dizeres furiosos em defesa de causas que as pessoas nem chegavam a entender. Mas tinha conquistado voz e poder absurdos com o surgimento da Internet, um recurso gratuito e extremamente eficaz de atrair simpatizantes e apertar no torniquete governos, empresas e instituições.

Entidades ambientalistas, jornalistas independentes, cientistas de pouca expressão e palpiteiros profissionais dos mais variados matizes ganhavam um palanque formidável e estabeleciam alianças poderosas pelas redes sociais; e a facilidade com que angariavam apoio para suas causas, a partir de diferentes pontos do planeta, se tornara uma fonte de problemas com os quais as agências de RP ainda estavam aprendendo a lidar.

Mas para Jonnie, perigosos mesmo eram os ecoterroristas – estes, sim, uma ameaça incontrolável aos interesses do sistema. Preocupado, acompanhava a escalada de ações desses grupos, ecotagens articuladas com precisão cirúrgica, nos meandros da Deep Web, por moleques bem-nascidos e educados, muitos deles pós-graduados nas melhores universidades. Cérebros que haviam abdicado de um futuro possivelmente brilhante, em um mundo que desprezavam, e resolvido servir "ao lado certo da força". Perdida toda a esperança para a humanidade, cabia-lhes punir os responsáveis pelo caos.

Elegiam como alvos prioritários as indústrias e instituições que, no seu ideário, eram as grandes responsáveis pela deterioração da vida, agora além dos limites suportáveis. Sementes transgênicas, fertilizantes e agrotóxicos, ao lado de produtos farmacêuticos, encabeçavam a lista negra, onde também constavam as indústrias do petróleo e da energia nuclear.

Jonnie chegava a sentir saudade da velha listagem de "produtos controversos", eufemismo que ele próprio criara para designar, com o cinismo próprio do *métier*, as indústrias de armas e equipamentos bélicos, de cigarros e bebidas, além de outros itens alegadamente prejudiciais à vida, à saúde, contaminantes ou de descarte arriscado.

Lembrava, nostálgico, dos tempos em que *Primavera silenciosa* era a bíblia dos ativistas da natureza. E como ele, Jonathan Drake, havia ajudado a demolir, um por um, os argumentos da sonhadora Raquel Carson e de seus colegas. E depois comprovado, com a ajuda de estatísticas e testemunhos acadêmicos financiados pela indústria, que a natureza ia muito bem, obrigado; e não fossem os defensivos agrícolas – outra pérola de sua autoria –, a humanidade estaria às voltas com a inanição. O DDT, reconhecia, era uma página virada, banido de vez pela campanha vitoriosa dos ambientalistas inspirados pela autora. O problema, agora, estaria nos sucedâneos desenvolvidos pela indústria – em tese, menos agressivos ao meio e ao homem, mas, como todos os demais, de efeitos desconhecidos a longo prazo.

No entanto, os tempos eram outros e as últimas histórias que lera ou ouvira de clientes e parceiros de negócio davam o que pensar. Fábricas gigantescas paralisadas por atos de sabotagem, com prejuízos na casa das centenas de milhões; industriais e altos executivos sequestrados para resgate a peso de ouro, suas residências em condomínios exclusivos invadidas e vandalizadas – a coisa estava indo de mal a pior. Ele temia o efeito em cascata, que poderia prejudicar os interesses comerciais de sua agência e, por conseguinte, os bônus polpudos que ele e seus sócios até aqui vinham embolsando com relativa tranquilidade.

Na visão de Jonnie, cedo ou tarde os acionistas das indústrias da lista negra – mais da metade do portfólio da agência – teriam de se conformar com custos crescentes e lucros minguantes. A ameaça de perdas de produção e faturamento acabaria por colocá-las sob o crivo rigoroso das principais agências de classificação de risco, cujos diagnósticos, bem ou mal, ditavam as regras do jogo. Quanto maior a percepção de risco da empresa, mais caro ela pagaria para captar recursos no mercado e mais dificuldades teria na negociação das apólices de seguro.

Uma operação exposta e vulnerável às pressões da sociedade deixava mais apreensivos os investidores e poderia ser limada da carteira de fundos de pensão trilionários, perdendo valor no mercado. A evoluir como ele temia o quadro sombrio, em futuro não muito distante seus melhores clientes poderiam abrir mão dos serviços da agência e migrar para escritórios menores e de preços mais palatáveis. Havia anos, a palavra de ordem das empresas era cortar despesas em todas as áreas, pois sabiam que os tempos de bonança tinham ficado para trás e dificilmente voltariam.

Por tudo o que vivera, o inglês não tinha a menor ilusão com relação ao *Homo sapiens* e ao destino que lhe parecia reservado. Em sua avaliação, grosso modo, os humanos não passavam de macacos sofisticados e egoístas, insensíveis ao sofrimento alheio e capazes das piores baixezas.

Ainda jovem, havia vivenciado o rescaldo moral do pós-guerra e ouvido dos mais velhos as histórias dos bombardeios noturnos, dos racionamentos, das enfermarias cheias de mutilados pelo horror. Sofria em saber que considerável parcela da elite financeira de seu país, a começar por alguns membros da nobreza, simpatizara com o nazismo e só tinha abraçado a causa aliada por interesses pessoais.

No íntimo, ele entendia muito bem a revolta daqueles jovens idealistas, vivendo como vagabundos *high tech* na clandestinidade de galpões e propriedades abandonadas no meio do nada, prontos a sacrificar a liberdade ou a vida na luta contra o mal na Terra.

Pragmático por natureza e otimista por dever de ofício, consolava-o pensar que, com a gradual deterioração do sistema, ainda por muitos anos teria como arrancar dos clientes a parte que cabia à agência das verbas extras que sempre surgiam, como por milagre, nas horas do sufoco – e era seu dever continuar a trabalhar para que parte delas escoasse nos cofres da casa. Mas nem todos os executivos se deixavam intimidar e a brasileirinha danada era, entre todos os clientes, um dos ossos mais duros de roer.

Até que admirava o charme e a competência de Cátia Ferrão (que passou a chamar de Kathy, quando percebeu que isso a tirava do sério), respeitava-a pelo inglês correto e culto, como também pelo jeito habilidoso de rejeitar as propostas iniciais da agência e dar novo encaminhamento às questões, sempre na direção certa e mais econômica para a Cronus. O *cascalho*, que era bom, não era fácil de extrair daquela mulher que lembrava uma cigana.

Desde que haviam sido brifados pela cliente e o assunto entrara no radar da Chimera, Jonnie e seus colaboradores mais próximos – os diretores de planejamento, Bruce Tarrant, e de operações, Trevor Robins, únicos na agência por dentro do imbróglio – vinham trabalhando, literalmente, nos bastidores. Nos círculos formadores de opinião tradicionais, construir razoável consenso sobre a segurança dos produtos baseados nos neonicotinoides, princípio ativo de última geração e carro-chefe das vendas do cliente, era uma tarefa usual. Mas no caso que tinham em mãos, o desafio era navegar com segurança no emaranhado de túneis da Deep Web, onde cada clique do *mouse* lembrava a curva de um trem fantasma e coisas inquietantes não paravam de acontecer. Aquele era um mundo próprio, perigoso, hostil ao sistema e a suas crias – sobretudo, gente como eles, seres abomináveis a serviço do *business as usual*.

As últimas recomendações da agência, que Cátia acatara sem discussão, envolviam a contratação de serviços de inteligência oferecidos por parceiros da Chimera (quase todos, egressos do MI5 e agências similares), além da formação de um comitê de crise integrado por ela, os ingleses e mais meia dúzia de representantes da corporação.

Agora, pensavam o RP e a Cigana, era aguardar a evolução dos fatos e se preparar para o pior. Que o último recado da Mãe Terrível, ainda desconhecido por Jonnie, parecia precipitar.

12

Já não se sentia bem desde a viagem de trem de Nova Delhi até Amritsar, a terra dos *sikhs* e do templo dourado. A cidade ao norte da Índia fora palco de acirradas carnificinas entre muçulmanos, de um lado, *sikhs* e hinduístas, do outro, desde a desastrosa divisão do território indiano para a criação do Paquistão, em meados do século passado. A depender da imaginação do visitante, talvez ainda fosse possível ouvir os gritos de desespero e dor ou sentir o cheiro metálico do sangue das dezenas de milhares de civis trucidados nos embates de rua.

Na ânsia de passar despercebido, Valdevald resolvera prosseguir rumo à Caxemira por ferrovia, com o rosto e a identidade diluídos entre milhares de passageiros. Estava arrependido da decisão. Agora, quase perto do destino, o corpo emitia sinais estranhos, como a acenar que algo estava errado e requeria cuidados especiais. Febre, náusea, diarreia, falta de apetite e sede sem fim o assustavam fazia três dias.

Na cabeça, como em um filme projetado em *loop*, as imagens do estranho, impressionante pesadelo que tivera em sua última noite no Brasil: num cenário apocalíptico de escombros, poeira, gritos de dor e desespero, um imenso enxame de abelhas o perseguia e a dois estranhos, um homem e uma mulher. Os três corriam pelas ruas quase desertas, desesperados, tentando se livrar da nuvem de insetos, até se verem encurralados num beco sem saída. O zumbido ensurdecedor e a fisgada da primeira ferroada o despertaram.

Mais uma vez, concentrando-se no espaço entre os olhos, buscou acalmar-se e pensar positivo, confiante na saúde iogue de que tanto se orgulhava. A dieta tinha ido para o beleléu: impossível, nessas circunstâncias, manter um regime decente, quando a oferta disponível se resumia a frituras preparadas e vendidas por ambulantes nas paradas do trem. Tão apimentadas que, por vezes, ficava impossível engolir. Pior ainda era tentar matar a sede com chá condimentado ou refrigerantes doces – a água gelada, mesmo que na forma de picolé, era fruto proibido, o item mais perigoso para quem não queria acabar no hospital.

Desde sua chegada, ele vinha cumprindo à risca o mandamento básico do viajante estrangeiro no Oriente. Mesmo no hotel cinco estrelas onde se hospedou durante os primeiros dias, em Nova Delhi, bebia, escovava os dentes e bochechava apenas com água mineral; nos restaurantes, não aceitava gelo nas bebidas e fugia, como o diabo da cruz, de saladas cruas e frutas descascadas.

Mas a fuligem fedorenta que invadia a cabine e se entranhava pela boca, nariz e garganta, agravada pelo calor infernal na longa viagem de trem, havia vencido o bom senso e ele cedera à tentação de uns golinhos de água gelada numa caneca esmaltada, tirada de uma garrafa térmica e gentilmente oferecida pelo passageiro de turbante, do assento em frente, que acompanhava atento a aflição do companheiro de cabine. O Flautista já havia observado, discretamente, aquele senhorzinho barbudo todo de branco, cujo rosto lembrava muito Hector, o antigo inquilino e mentor peruano.

Afora isso, o plano corria bem. O voo do Brasil à Índia tinha sido agradável, apesar da dificuldade de aquietar os pensamentos que impedira de todo o sono, mesmo no aconchego da classe executiva. Aproveitara a insônia para flertar com a passageira do assento ao lado. Durante uma das visitas da beldade ao toalete, bisbilhotou alguns papéis com que ela trabalhava e descobriu ser advogada de alguma firma suíça.

"Alguém já disse que você é uma pessoa mediúnica?", disparou à queima-roupa, o tronco espichado em direção à vítima, pegando-a de surpresa numa de suas breves interrupções da leitura.

"Nunca...", respondeu sorrindo, encantada com a voz e o olhar do estranho. "Mas por que você diz isso?", mordeu a isca. Ele estendeu a mão e, delicadamente, segurou entre o polegar e o indicador o lóbulo da orelha da jovem, que estremeceu ao toque. "É que você tem a orelha dos elfos, nunca percebeu? Bem coladinha no rosto, sinal de aguda sensibilidade", replicou, agora trovejando baixinho ao pé do ouvido da moça, quase roçando os lábios no delicado brinco de pérola.

Após a *ouverture* magnífica, a sinfonia evoluiu harmoniosa, durante o restante do voo, por volteios que o Flautista conhecia e sabia explorar como poucos. Falou de seu centro de terapias, recontou sua épica trajetória desde o mundo das sombras até o renascimento na luz. Desfiou histórias fantásticas em que ele, o mago, saía vencedor na luta contra as forças do mal. Pelas pupilas dilatadas, os lábios carnudos ligeiramente trêmulos e a respiração entrecortada, Val confirmou que acertara na dose e extraiu, sem qualquer dificuldade, o dossiê completo.

A loura sarada de olhos azuis, muito chique em sua blusa branca de seda sob o terninho vermelho de grife, era dona de pés delicados, quase infantis, mantidos displicentemente descalços durante quase todo o percurso, o que a tornava ainda mais atraente. Chamava-se Ingrid Kauffman, tinha 31 anos, nascera e crescera em São Paulo. Descendente de alemães da Baviera, seu pai tocava um bem-sucedido negócio no Brasil, como fornecedor de correias industriais produzidas na empresa fundada pelo avô. Após concluir com louvor o curso de Direito na PUC, ela tinha feito uma pós-graduação na Alemanha sobre direitos da mulher.

Havia dois anos, fora contratada por um escritório de advocacia suíço, especializado em causas humanitárias. Morava sozinha em Zurique, num prédio tranquilo diante do lago, e ganhava um bom dinheiro. Vinha ao Brasil pelo menos duas vezes por ano; desta última, para uma reunião com um novo e importante cliente.

Diante de perfil tão instigante e do discreto inquérito que, por sua vez, teve de responder – se era casado, se tinha filhos, se já conhecia a Suíça, se quem sabe não poderiam se reencontrar quando ele retornasse da Índia, entre outras sugestivas indagações –, o Flautista cogitou seriamente em desembarcar na escala e ficar por ali mesmo. Mas tinha alguns poréns: não falava alemão, era alérgico a queijo e chocolate e achava sem graça, pelo pouco que dela conhecia, a terra dos banqueiros e relojoeiros.

Além do mais, a essa altura, a perspectiva do retorno triunfal ao Cantinho do Céu e às suas *shaktis*, após uma mística temporada no Oriente, se tornara o alimento da alma, o único consolo para toda essa aporrinhação. Tinha um sério problema para resolver e qualquer distração poderia lhe custar a pele. Em todo caso, guardou os telefones e o endereço de Ingrid, prometendo dar as caras.

"Não deixe de ligar daqui do aeroporto, quando voltar da Índia, ok?", ela insistiu, ao se despedirem à saída do avião. "Se eu estiver em Zurique e com a agenda tranquila, quem sabe não te convenço a conhecer com mais calma a cidade?" A baixinha era gostosa e prometia, mas não ia ser desta vez.

13

"Se a pessoa disser que não tem preço, é só porque ainda não recebeu uma oferta à sua altura." A frase, uma das preferidas dos admiradores do italiano Pitigrili, escritor de língua ácida e profana, que chegou a ser excomungado pela Igreja Católica para, no final da vida, arrepender-se dos pecados e abraçar a fé, sempre vinha à mente de Cátia toda vez que ela tinha de se valer dos recursos não contabilizados mantidos sob sua guarda. Era a verba especial de que dispunha para contingências extraordinárias, como dizia com sorriso amarelo, sem disfarçar o constrangimento. Apesar dos anos de experiência, ainda não se conformara com o *modus operandi* da área pela qual era responsável, toda vez que uma encrenca evoluía a ponto de comprometer o valor de mercado da firma. Não se tratava de escrúpulos, que via como frescura de gente hipócrita e obstáculo ao crescimento. Tinha um destino vitorioso a cumprir, e nada ou ninguém a afastaria dessa meta.

Revoltava-a constatar a facilidade com que, ano após ano, dezenas de milhões de reais escoavam, com a bênção dos acionistas, para contas secretas de políticos, lobistas e grupos de mídia. Longe de qualquer consideração ética, o que incomodava a Cigana era ver toda essa gente encher os bolsos sem fazer o mínimo esforço – dinheiro que ela, uma executiva que administrava com o rigor de uma dona de casa cada tostão do orçamento da área, se sacrificava para poupar.

Uma piada de mau gosto, pensava, apregoar em campanhas internas a importância da excelência operacional – um eufemismo para pressionar a turma a alcançar cada vez mais, com os mesmos recursos – e, por trás dos bastidores, torrar uma dinheirama a fim de comprar facilidades dos patifes de sempre.

Isso para não falar da montanha de dinheiro abrigada sob a rubrica "planos de contingência para questões sensíveis". Dessa linha específica, a única que podia crescer sem questionamentos no orçamento da vice-presidência para assuntos corporativos, a parte do leão ia para os escritórios de advocacia e assessorias de comunicação especializadas em gestão de crises. Além dos honorários mensais, às vezes milionários, pagos a esses sanguessugas da desgraça alheia, Cátia volta e meia liberava o pagamento de estudos acadêmicos e pareceres científicos "independentes e isentos", que embasavam as narrativas maquinadas pelo comitê de crise.

Revoltavam mais ainda a Cigana as gentilezas, por assim dizer, contrapartidas, que era obrigada a fazer aos principais órgãos de imprensa, custeando campanhas institucionais milionárias, cujo único objetivo era arrefecer o ânimo investigativo das editorias de notícias. Mensagens publicitárias adocicadas e repletas de autoelogios, cujo efeito era inócuo, quando não contrário aos interesses do anunciante, pois ajudavam a atiçar sobremaneira a fúria dos ativistas.

Era sempre a mesma história irritante: nas solenidades de premiação "das melhores e maiores do setor" ou em eventos similares, quando a firma era uma das estrelas no palco, havia o momento em que o número um era levado a um canto para ouvir dos anfitriões a frase mágica – uma fórmula de extorsão universal que a executiva poderia até achar elegante, não fosse por deixar implícito que a empresa se comunicava mal e que ela, Cátia, não estava desempenhando a contento sua função.

"Vocês precisam investir mais em comunicação, presidente, a opinião pública tem de conhecer melhor tudo o que a sua empresa traz de bom para a sociedade. Senão, fica muito difícil convencer as pessoas, quando surgem esses rumores infundados. Mas saibam que podem continuar a contar com nossa ajuda, estamos firmes e fortes do seu lado."

Dinheiro, tudo por dinheiro.

14

Fazia três anos que o grupo se formara, durante a celebração do solstício de inverno nas ruínas de Stonehenge. Na noite em que tudo começou, eram nove mulheres de diferentes nacionalidades sentadas ao redor da lareira no albergue em Bath, onde estavam hospedadas, não muito distante do sítio arqueológico. Tudo o que tinham em comum eram independência financeira, interesse na magia e no esoterismo e gosto por viajar. Mal sabiam que tinham sido atraídas até ali por mãos invisíveis para, juntas, levarem a termo uma missão grandiosa.

Com a sensibilidade aflorada pela atmosfera do lugar, conversavam, excitadas, sobre os momentos incríveis vividos nos últimos dias. Falaram da Mãe Única e da sacralidade do feminino entre os antigos celtas, sobre as lendas e os mistérios do povo cuja memória, então, pulsava forte no grupo.

A garrafa de uísque e o cachimbinho ritual passavam de mão em mão, como sempre circulados pela prestimosa representante local da nascente fraternidade, a irlandesa Gudrun, uma ruiva baixinha de cara enfezada e olhos cinzentos diretamente saída de um conto de J.B. Tolkien ou de uma saga escandinava. À medida que o álcool e o THC combinavam seus efeitos na corrente sanguínea, a conversa evoluiu para aspectos menos esotéricos, sobre os dilemas femininos em um mundo feito para os homens. Foi a mesma Gudrun quem puxou o fio da meada.

"Bem que aquele sacerdote escocês de ontem podia ajudar a avivar meu fogo *kundalini* logo mais... Que pernas, que cabelos, que olhos! Mal consegui me concentrar na cerimônia", suspirou, provocando gargalhadas.

"Não me levem a mal, queridinhas, mas não trocaria nenhum desses meninos fantasiados de druidas por aquela fadinha loura que pôs fogo na pira e puxou os cânticos. Com ela eu me casava, formava família e seria feliz para sempre. Que espetáculo de garota!", foi a vez de Corinne, animada, colocar sua brasa na conversa.

"Mas e o seu marido, será que ia gostar da ideia, Gudrun?", provocou a brasileira Ângela, ignorando o comentário da francesa bem ao seu lado.

"O que está longe dos olhos o coração não sente. E se ele não está aqui pra cuidar da mulher dele, é porque preferiu ficar rindo das mesmas piadas machistas, na mesa de pôquer com aqueles babacas da turminha dele", replicou a assanhada de cabelos de fogo.

"Meu Deus, será que esses homens são mesmo todos iguais, no mundo inteiro? Até quando a gente vai ter de suportar isso?", exclamou Shantala, a indiana e provável caçula do grupo. E fez seu desabafo, narrando uma série de abusos cometidos contra as mulheres em seu país. Contou como, por imposição da cultura local, as mais "sortudas" eram não raro condenadas a uma vida passiva e submissa, praticamente trancadas em casa à disposição do marido e da família dele. Falou dos casamentos forçados de mocinhas românticas e sonhadoras com homens por vezes brutos e insensíveis, encerrando o discurso com os frequentes casos de estupro e humilhação, aos quais parte considerável de seus conterrâneos parecia fechar os olhos.

"Caramba, pelo que estou ouvindo, o machismo na Índia é bem pior do que na minha terra, amiga", arrematou Ângela, olhando para Vera, a outra brasileira do grupo, aninhada na poltrona mais próxima do fogo. "E olha que sempre acreditei que, com tantos homens santos e mestres espirituais, o seu país seria um lugar ideal para mulheres como nós..."

"Santos? Espirituais? Nem sempre, para não dizer quase nunca", Shantala reagiu, surfando a onda de indignação que ela própria havia provocado. "Ou vocês não sabem o que acontece dentro de alguns desses *ashrams*, as barbaridades que 'mestres' e discípulos veteranos são capazes de fazer com mocinhas ingênuas? É um horror! Se eu fosse revelar a metade do que sei, ninguém acreditaria."

E contou casos assombrosos, abrindo a porteira por onde as companheiras de roda desfilaram uma boiada de histórias tristes, muitas delas de final trágico, sobre amigas, parentes ou conhecidas que haviam sido seduzidas por vigaristas e perdido toda a esperança na felicidade, no amor e na vida. Em cada depoimento, os mesmos elementos com pequenas variações: a exploração da credulidade feminina por falsos guias espirituais era uma constante universal.

"Muitos ficaram milionários e vivem como nababos", reforçou a japonesa Yoriko, dando seu testemunho. "Nas comunidades que visitei ainda mocinha, me espantava com os carros de luxo, os aposentos ricamente decorados, a diferença explícita até na comida servida aos eleitos do mestre e aos outros frequentadores. Desisti de chamar a atenção para isso tudo, quando vi que era a única incomodada. Mas me afastei e nunca mais quis saber de *guru deva* nenhum. Salvo raras exceções, todos estão mais para *guru devils*."

Todas riram com o trocadilho infame, o que não bastou para aliviar a tensão crescente no ar. Vera acompanhava a conversa, o tempo todo pensando em Bruna, sua linda afilhada paulistana. Com a morte prematura do pai adorado, a mocinha tinha se envolvido com uma turma diferente, ligada em esoterismo, e quase não procurava mais a madrinha. Largou a faculdade, afastou-se dos amigos e passava o dia inteiro no centro de yoga, só voltando em casa para dormir. Das últimas vezes em que estivera com ela, impressionara-se com o brilho estranho nos olhos ao falar do seu mestre e das experiências fantásticas que estava vivendo no tal lugar, nos Jardins.

Seguiram-se mais relatos sobre mulheres ricas que haviam doado ao guru quase tudo o que possuíam e agora passavam aperto, amargas e desiludidas. A cada história, um pedaço de lenha era jogado na lareira, cuja chaminé àquela altura cuspia nos céus do Condado de Somerset um fumo de revolta e desejo de retaliação.

"Incrível, meninas, isso que está acontecendo aqui e agora. Vocês não acham coincidência demais a gente ter tantas histórias parecidas, tanta indignação, tanta vontade de dar um basta nessa picaretagem vergonhosa? Tem quase 20 mil pessoas aqui em Stonehenge, gente! Dá para acreditar que é um acaso estarmos só nós, as nove, ouvindo tudo isso em volta deste fogo hoje?", questionou Gudrin.

E assim vieram à luz as Filhas de Shani, uma fraternidade de mulheres poderosas e independentes dispostas a justiçar, para valer, os gurus de araque nos quatro cantos da Terra. Consideravam muito aquém do merecido as punições aplicadas a esses criminosos, nas raras ocasiões em que eram denunciados. Em geral, o nome e a imagem jogados na lama eterna pelos mecanismos de busca e uma sentença judicial abrandada por acordo financeiro; na pior hipótese, tudo isso acrescido de um período na prisão. Nada que uma boa assessoria de imagem e o tempo, esses senhores do esquecimento, não fossem capazes de apagar, à diferença do dano físico, moral e financeiro, muitas vezes permanente, causado nas vítimas.

Movimentando-se na surdina através da Deep Web, rapidinho a causa ganhara corpo e fôlego: passado pouco mais de um ano, já somava milhares de simpatizantes trocando informações e articulando as vinganças mais terríveis.

Tinham desenvolvido um método de trabalho simples e eficaz. Ao chegar ao conhecimento do grupo, a denúncia passava por uma triagem preliminar, a fim de ter averiguada a sua autenticidade e frequência, assim como a gravidade dos delitos. Só depois, o "candidato" passava para a segunda fase, quando sua vida era virada pelo avesso – história pessoal, antecedentes criminais, situação financeira, nada escapava do crivo das meninas. Conforme o resultado, o herege era condenado ao fogo do inferno ainda em vida.

Recentemente, a fraternidade ganhara um reforço formidável nos serviços *pro bono* de uma renomada banca de advocacia suíça, presente em diversos países. As coordenadoras da rede temiam por sua integridade física e pelas consequências jurídicas de seus atos: apesar de todos os cuidados com que cercavam cada operação, caso algo desse errado, queriam contar com advogados competentes e sensíveis à causa.

E a espada da justiça caía, impiedosa, sobre a cabeça de eleito após eleito, a cada oportunidade adicionada de requintes que só poderiam nascer da mente de uma fêmea ferida. Ainda repercutiam as imagens do finlandês grisalho, imobilizado e amordaçado de bruços sobre uma mesa, sodomizado por uma figura mascarada, de torso e braços musculosos e, pela agonia do paciente, muito bem equipada. Focalizados em *close* ao longo da excruciante *performance*, o olhar aterrorizado, suplicante e as lágrimas misturadas ao suor no rosto crispado do criminoso atestavam o êxito da vindita.

Até ser tirado do ar por decisão judicial, o vídeo bombara no YouTube, visualizado e curtido por milhões de internautas. Aleksi, o patife da vez, fora responsável pela ruína de diversas mulheres na pequena cidade onde operava suas falsas curas espirituais. Ferira com o ferro e com o ferro fora ferido. Mais um inimigo que as Filhas de Shani tinham exemplado e tirado de combate.

Um novo acerto de contas ia acontecer no Brasil e estava prestes a ser consumado. A lebre fora levantada com relativa facilidade por Vera, instigada pela conversa reveladora ao redor do fogo em Stonehenge. O alvo vivia em São Paulo, tinha 52 anos e se chamava Diego Velasquez Caravaca.

15

De início, a ideia parecia absurda para uma mente racional como a dele. Mas muita coisa mudara na cabeça do Matemático desde que, aos 62 anos, fora acolhido naquele grupo ultrasseleto do qual era o caçula: os outros seis companheiros, juntos, somavam exatos 458 anos de saber. Todos reconhecidos como sumidades internacionais nas áreas a que haviam dedicado vidas inteiras de estudo e pesquisa.

Da primeira vez que esteve com aqueles senhorzinhos, achou graça nas vestes brancas de algodão que usavam, embrulhadas e atadas em torno das pernas e dos quadris. Não demorou muito para aderir, ele também, ao *dhoti* e às sandálias de couro rústico como traje único. No calor das monções, agradava-lhe a sensação da brisa ocasional refrescando as coxas e a virilha que, mesmo livres das meias, calça e cueca, estavam sempre molhadas de suor.

Os simpáticos velhinhos, com suas pernas finas e vergadas, inseparáveis da bengala e dos óculos de armação metálica ou de tartaruga e lentes muito grossas, creditavam ao Pandit Kapila, como fora apelidado na roda, o avanço formidável, nos últimos anos, do trabalho sobre o qual haviam se debruçado por mais de duas décadas e agora estavam prestes a concluir.

O projeto chamava-se Designium, termo latino proposto pelo Matemático e só aceito pelo grupo depois de hábil e paciente trabalho de convencimento. Até a chegada do americano, os indianos insistiam em um nome em sânscrito, mas foram tantas sugestões, que não atingiam o consenso. Pandit Kapila conseguiu demovê-los da ideia, argumentando que um termo nativo poderia reforçar a resistência de parte considerável dos ocidentais a qualquer coisa que evocasse o exotismo oriental. Lembrou o quanto de conhecimento inestimável, acumulado durante milhares de anos na terra que era o berço da civilização contemporânea, fora relegado a um plano secundário, quando não desprezado como pura mistificação. Um imenso desperdício de sabedoria que eles, criadores de um sistema concebido para beneficiar toda a humanidade, não poderiam correr o risco de repetir.

Logo após instalar-se no modesto apartamento em Pune, no oeste da Índia, o Matemático, agora Daniel Jones Gonzalez, resolvera estudar a filosofia oriental e se encantara com o Samkhya. Essa escola de pensamento, sistematizada pelo sábio Kapila seis séculos antes da era cristã, fornecera a outro sábio famoso, Patanjali, os fundamentos metafísicos do Yoga – junto com o Vedanta, a mais conhecida, entre os ocidentais, das seis escolas de pensamento clássicas do país.

Na universidade, Daniel logo se fez notar – e não pela idade, estatura, alvura da pele, nariz adunco ou olhos azuis, destoantes por completo dos colegas de classe. Mas pela seriedade, o foco e a clareza mental, bem como as perguntas e provocações precisas que endereçava ao mestre, o Ph.D Jaidev Bose, que por acaso era sobrinho de Yogesh Bose, *professor emeritus* da universidade local, matemático ilustre e um dos membros fundadores do restrito círculo que, em caráter extraordinário, viria a acolher um forasteiro.

Quase 20 anos antes, os seis *pandits* – aposentados, mas dispostos a seguir desafiando as fronteiras do saber – tinham decidido unir forças no que consideravam ser a mais importante iniciativa empreendida, em tempos recentes, a favor da evolução da espécie humana.

Além do matemático Yogesh, participavam do grupo: Pandit Gopala, físico estudioso da teoria quântica; Pandit Narendra, biólogo especializado em genética; Pandit Dasgupta, filósofo; Pandit Panini, engenheiro de sistemas; e Pandit Ramkrishna, estatístico também versado nas antigas ciências divinatórias. Daniel contribuía com sua visão pragmática, cérebro privilegiado e extraordinária capacidade de selecionar, analisar e transformar informação em conhecimento útil.

A meta, *stricto sensu*, não podia ser mais transcendental: desenvolver um método que, a partir da combinação de saberes milenares com os avanços mais recentes da ciência, capacitava qualquer indivíduo a se assenhorar do próprio carma e a moldar o que estivesse reservado para si, de modo a preencher suas mais íntimas aspirações.

"Conhecer, entender e transcender", sintetizado neste axioma, Designium era a chave para uma vida mais plena de realizações materiais e espirituais. Por meio de um sofisticado "balanço" dos créditos e débitos de cada alma individual, com as tendências e prognósticos correspondentes, permitia o máximo desfrute da existência.

O primeiro passo do processo era mapear, com um extraordinário grau de precisão, o destino do indivíduo, a começar pelo levantamento da carta astrológica, análise dos traços e sinais fisionômicos, leitura da íris, das palmas das mãos e dos aspectos numerológicos. Seguiam-se análises em profundidade do DNA, em busca dos caracteres herdados e de sua provável influência na saúde física e mental do objeto de estudo e de sua descendência. Entrevistas pessoais, estendidas a parentes e conhecidos de diferentes fases da vida do sujeito, completavam a anamnese e a fase de coleta de informações.

Em seguida, usavam a metodologia do pensamento sistêmico para produzir um mapa de possibilidades, no qual eram assinalados os eventos e consequências prováveis, em suas intrincadas, sutis inter-relações; os enlaces reforçadores e restritivos de cada escolha; e os pontos de alavancagem para a concretização das aspirações do sujeito. Nessa etapa do entendimento, valiam-se de sofisticados recursos tecnológicos para a modelagem dinâmica de sistemas que incluíam o uso de equações diferenciais e cálculos estocásticos.

Com o mapa estratégico do próprio futuro em mãos, o indivíduo tornava-se capaz de fazer as melhores escolhas dentro de suas possibilidades cármicas – a decidir não mais às cegas, por impulso, nem guiado por crenças religiosas ou convicções infundadas, mas com base na perfeita compreensão dos resultados prováveis de cada escolha para si e para os demais integrantes de seu universo pessoal. Evidentemente, continuava sujeito às circunstâncias externas, sobre as quais não teria qualquer poder de influência; mesmo assim, reduzia exponencialmente a possibilidade de ser surpreendido pelas vicissitudes.

Para o Matemático, não podia haver momento melhor para um projeto dessa natureza. Considerava um brinde do destino a oportunidade de contribuir para melhorar, de alguma forma, a vida das pessoas. Tudo o que desejava, ao enterrar Robert White Sherman sob os escombros das torres gêmeas, era aliviar da consciência e, se tivesse oportunidade, compensar os crimes contra a humanidade pelos quais, por egoísmo e omissão, sentia-se virtualmente responsável no antigo emprego. De perseguições políticas e prisões arbitrárias de oponentes do regime até genocídios, tudo isso em pleno século XXI, perpetrados por criminosos que usavam o sistema financeiro oficial como fachada para movimentar bilhões e bilhões de dinheiro sujo.

Era com um misto de assombro, incredulidade e uma ponta de orgulho que Bob relembrava, nos anos seguintes, o momento da decisão mais radical de sua vida – provavelmente, na vida de qualquer mortal. À diferença de todas as anteriores, ele a tomara num impulso e sob forte comoção; dificilmente poderia ter sido de outra forma, para um sujeito pouco afeito a aventuras. Em retrospecto, o que mais o espantava era o pouco que conhecia de si: o grau de insatisfação com o trabalho e o casamento, camuflado pela rotina árida e amenizado apenas pelos ganhos fabulosos que classificava, displicentemente, como "um dia bom".

Naquele 11 de setembro redentor, após perambular por quase duas horas no rumo norte, boa parte do trajeto pelas alamedas do Central Park, deu-se o estalo: era agora ou nunca. Em uma casa de penhores do Harlem, deixou o relógio, o prendedor de gravata e as abotoaduras para, após tensa negociação, arrancar 40 mil dólares do imenso *hassidim*. Ainda na Amsterdam Avenue, nos fundos de um salão de sinuca frequentado por seu amigo engraxate e por ele citado em mais de uma ocasião, pôs 25 mil nas mãos de um fuinha ruivo de barba rala e olhos amarelos, que lhe prometeu certidão de nascimento, carteira de habilitação e passaporte guatemaltecos genuínos – poderia ter poupado 15 mil, se optasse por um passaporte "descascado", como os artistas do ramo chamam o documento reciclado; mas prevenido, optou por zero problemas futuros. Passou anônimo e tão invisível quanto pôde, em uma pousadinha em Shelter Island, os trinta dias necessários para a confecção dos documentos. Já na pele de Daniel Jones Gonzalez, filho de pai americano e mãe guatemalteca, viajou de Nova York para Miami e, de lá, para Nova Delhi. E apertou o botão de "reiniciar" em sua biografia.

Mas restava um ponto a ser descoberto no Designium, um aspecto que se viam incapazes de decifrar e programar. Era uma variável influente, mas fora de qualquer parâmetro racional – o acaso, a sorte ou a graça divina, conforme o gosto do freguês.

O tempo todo, durante as complexas e acaloradas discussões filosóficas sobre o impasse, Bob lembrava do cubinho de marfim, calcinado na torre junto com a sua história de vida. No banco, sempre que se via diante de uma jogada financeira de alto risco, ele cumpria um ritual secreto. Após certificar-se de que não estava sendo observado, escolhia mentalmente um número de 1 a 6, tirava o dado da caixinha e o lançava dentro da gaveta. Somente se acertasse autorizava o fechamento da operação.

Teria sido um acaso ou pura sorte o fato de seu talismã nunca ter falhado? A providência divina, até onde ele a entendia, estava descartada: nenhuma entidade do bem iria cooperar numa operação que, em última análise, traria sofrimento a bilhões de criaturas. Ou não?

E se Deus, como dizem as pessoas religiosas, escrevesse sempre certo, mesmo que por linhas tortas? E se ele, na pele de Robert White Sherman, não fosse mais que um instrumento do oculto, um "operador" da vontade divina e, por intermédio dele, as leis que mantêm em equilíbrio o universo – as forças ocultas, até o advento de Designium, inescrutáveis – estivessem sendo cumpridas à risca?

16

"Mas ninguém sabe exatamente onde ele está, meu amor? A Índia é gigantesca e a Caxemira, uma região enorme e de difícil acesso, ainda mais nesses tempos de guerra. Como vocês conseguem se comunicar? O mestre não levou celular? Não deixou nenhum telefone para contatos de emergência?"

Vera sofria por não poder revelar à afilhada as razões de seu repentino interesse pelo líder do controverso Centro para a Evolução Universal – Valdevald, para os frequentadores; Val, para os íntimos; e Diego Velasquez Caravaca, a quem se dedicasse, como ela havia feito, a esmiuçar a verdadeira identidade do camaleão.

Tinham-se passado quase três anos desde que ela iniciara o processo inquisitório de Diego com as Filhas de Shani. Pesquisando documentos e conversando com as pessoas certas descobrira, entre outras coisas, que o picareta era nicaraguense, filho único de um militar de alta patente, que havia fugido com a família para o Brasil quando as coisas começaram a ficar insustentáveis para os defensores do antigo regime.

Assim como outros colegas de farda, o general Alfonso Caravaca, famoso pela truculência com os revoltosos sandinistas sob suas garras, tinha feito fortuna com o desvio de recursos chegados do mundo inteiro para ajudar os desabrigados do último terremoto em Manágua. Em terras brasileiras, com os préstimos de gente bem situada no poder, tinha obtido para si e os seus o registro de naturalidade e enterrado o passado criminoso.

Diego tinha 17 anos quando a família se estabeleceu em São Paulo, em 1979. Já era um adolescente estragado, que os anos só fizeram piorar. Trazia de casa e do restrito círculo de amigos o egoísmo e a arrogância dos privilegiados, a visão de mundo distorcida daquela meia dúzia que possui e pode quase tudo, em um país onde a grande maioria pouco tem e nada pia.

Ouvia em silêncio, à mesa do jantar, as conversas absurdas dos pais. O general, nostálgico e orgulhoso, gabando-se das derrotas que impusera aos inimigos da pátria e, sobretudo, da esperteza com que garantira seu quinhão do butim. A esposa, Imelda, pontuando submissa as barbaridades do marido com os nomes dos santos devotos a quem creditava as graças recebidas. Era católica fervorosa e não perdia uma missa de domingo, a pia genitora do Flautista.

Forçados pelas circunstâncias, os Caravaca tinham escassa vida social e deles pouco se sabia. Preocupados o tempo todo em ocultar o passado e a origem de suas posses, tinham encontrado na megacidade estrangeira o lugar ideal para envelhecer com conforto e segurança, praticamente invisíveis.

Se de um lado essa falta de informações dificultava o trabalho das Filhas de Shani, de outro, aguçava ainda mais sua sede de justiça. A partir dos relatos de colaboradoras residentes em São Paulo, várias delas vítimas dos encantos do Flautista, Vera conseguira confirmar que o homem era perigoso e já estava mais que em tempo de tirá-lo de circulação.

"Dinda, alguma coisa me diz que você não está me contando tudo. Mas de uma coisa pode ter certeza: Val é uma pessoa maravilhosa, um espírito de luz, e o que ele faz pela evolução espiritual das pessoas você não pode imaginar. Sou outra, desde que o conheci – foi como se papai me enviasse o mestre para preencher a sua ausência. Tenho muito orgulho de ser uma das suas discípulas preferidas, alguém em que ele confia até a morte", Bruna respondeu, os lindos olhos verdes fixos nos da madrinha, como a adivinhar as verdadeiras intenções da conversa.

Temia que Vera perguntasse sobre Eleonora, a colega do Céu de quem se tornara amiga íntima. As duas sabiam ser as preferidas, mas dividiam as atenções do mestre sem inveja nem ciúme: com ele, tinham aprendido o valor do desapego e a importância de viver cada momento como se fosse o último. Nos dias que antecederam a tragédia, a jovem tinha ficado esquisita e mal falava com as companheiras. Bruna bem que tentara ajudar e saber o que estava acontecendo, mas respeitara o silêncio da outra.

Ela não podia imaginar que a madrinha sabia de tudo e mais um pouco sobre Eleonora. Com o auxílio de uma colaboradora infiltrada na academia e em conversas reservadas com os pais e amigas da mocinha, Vera reunira informações preciosas sobre os bastidores do Centro e os malfeitos do guru. Mas nada podia revelar a Bruna, pois o sucesso das Filhas de Shani e o próprio futuro da causa dependiam de sigilo absoluto. Ela guardava na bolsa a última carta de Eleonora, manuscrita em linhas trêmulas e recheadas de emoção, que encontrara ao vasculhar, sob o olhar atônito dos pais, o guarda-roupa da jovem suicida.

> Minha amada, querida maninha Bruna,
>
> Se algum dia você chegar a ler estas palavras, há muito já estarei entre os Anjos Celestiais, cercada de Energia, Paz e Amor – e orando por você e nossos irmãozinhos do Céu.
>
> Sei que os Guias Invisíveis perdoarão a minha fraqueza e me ajudarão a atravessar as sombras para reencontrar o Caminho da Luz.

Quem sabe tornarei a estar, no plano espiritual, com meu amado filho e de Val?

Confio no conselho dele e o perdoo, mas queria muito este filho. Como tirar uma vida? Eu não aguentei a culpa.

Espero que também perdoem e iluminem nosso querido Mestre.

Quis a Providência Divina que as coisas acontecessem assim, apenas isso.

Quando as trevas invadiram o meu caminho, pensei algumas vezes em dividir o que sentia com você, irmãzinha, minha única grande amiga. Mas não tive coragem de perturbar a vida de ninguém com os meus problemas, não seria justo.

Vibrarei sempre, com todas as minhas forças, para que você fique ao lado de Val e continue a energizar, com o poder da Shakti, nosso amado Guru e sua maravilhosa missão.

Tenho certeza de que tornaremos a nos encontrar, os três, em uma próxima vida, e mal posso esperar por esse momento.

Fique com os Espíritos de Luz e cuide-se bem.

Da sua para sempre,

Eleonora

Um canalha, esse sujeito. Pelo que ela tinha ouvido de ex-discípulas caídas na mesma arapuca, Diego convencera Eleonora a abortar alegando que era uma irresponsabilidade, pelos princípios espirituais, trazer um novo ser a um mundo em extinção: nem eles nem ninguém tinham esse direito. Mas a menina, coitada, incapaz de suportar o peso da culpa, resolvera sacrificar a própria vida pela causa que julgara ter posto em risco com sua paixão irresponsável.

Bom que a carreira do farsante estava a ponto de ser encerrada e sua afilhada querida, salva do pior. O problema é que o miserável tinha dado um jeito de escapar, e para bem longe. Talvez não devessem ter enviado o terceiro recado: em vez de intimidar e deixar a presa mais exposta, como pretendiam, haviam precipitado sua fuga.

17

Ingrid interrompeu mais uma vez a leitura, deu um longo suspiro, espreguiçou-se e tornou a olhar para o lago. Da janela agora ligeiramente entreaberta de seu apartamento em Zurique, na cobertura do elegante prédio de cinco andares com motivos *art déco*, a visão da imensidão azul era a um só tempo energizante e sedativa. Um efeito fantástico, reforçado ao entardecer pelo chilreio dos melros, pintassilgos, cotovias e, chegados de mais distância, os grasnidos intermitentes das garças, flamingos e cegonhas, entre outras tantas criaturas aladas que teimavam em desafiar a monotonia reinante na vizinhança.

Por instantes, fechou os olhos e, saudosa da sua terra e dos seus, deixou-se transportar até a ampla residência da família, na Granja Viana, em São Paulo. Lembrou das aulas de piano na infância e adolescência; da professora, Mme. Pellerud; e de um certo músico francês que ela citava com frequência, cuja obra fora, em grande parte, inspirada no canto dos pássaros. Seu nome era Olivier Massiaen e Madame o considerava, de longe, o compositor mais brilhante do século XX – se por ter nascido em Avignon, como ela própria, ou por ter sofrido com o nazismo durante a guerra, Ingrid nunca saberia. Afinal, Madame não perdia a oportunidade de dar uma alfinetada na aluna, pela ascendência germânica.

Além de músico, o fenômeno provençal era ornitólogo – desde os 15 anos, ocupou-se em transcrever, nota a nota, o canto de centenas de aves –, trabalhou durante a maior parte da vida como organista da Igreja da Santíssima Trindade, em Paris; e mesmo na prisão, não interrompeu sua vasta produção musical, toda ela temperada por influências exóticas e marcada por forte religiosidade. Foi no cativeiro que ele compôs *Quarteto para o fim dos tempos*, para os únicos instrumentos de que dispunha: piano, violino, violoncelo e clarinete.

Fazia horas que ela alternava os pensamentos com os olhos grudados na tela do computador, examinando os vídeos e documentos armazenados em um *pen drive* enviado do Brasil por Vera, a simpática representante local do novo cliente global da firma. E pensar que tinham se conhecido em uma reunião, em São Paulo, apenas uma semana antes!

Como toda advogada ciosa de seus deveres, já estava mais do que habituada a dedicar horas infindáveis mergulhada no estudo das encrencas confiadas a seus cuidados. Mas desta feita, era tudo novo, surpreendente. A começar pelo nome e o perfil do cliente, as Filhas de Shani, uma entidade que, apesar dos métodos pouco convencionais, tinha um objetivo nobre: dar assistência a mulheres exploradas por falsos gurus. E sobretudo, pela assombrosa coincidência, que constatou ao abrir a foto de Diego Velasquez Caravaca, vulgo Valdevald – ninguém menos do que seu bem-falante, charmoso, irresistível companheiro de voo, agora sumido do mapa.

Intimamente envergonhada da própria ingenuidade, lembrou como o barbudo de túnica ocre e sandálias de couro a seduzira com a voz e o olhar; o toque de seus dedos, a aura de mistério com que cercava suas histórias incríveis; os embates entre as forças invisíveis que nós, os não iniciados nas coisas espirituais, mal conseguimos perceber; e os finais gloriosos, quando ele, com o auxílio dos seres de luz, livrava do mal a alma em perigo.

A essa altura, já tinha lido o suficiente para se familiarizar com a tipologia e o *modus operandi* dos predadores de gente. E se impressionara com os relatos dos estragos que faziam na vida de suas presas. Poder, controle e dominação eram os motivos recorrentes nesses crimes de abuso da boa-fé, perpetrados quase sempre impunemente por sociopatas e sexólatras de todo tipo, não raro protegidos por altos cargos no governo e na Igreja. Uma podridão.

Entre as histórias contidas no *pen drive*, Ingrid ficara particularmente chocada com a de um guru indiano radicado no Brasil, que se servia das discípulas para levar cocaína aos Estados Unidos e à Europa. Denunciado pela família de uma das vítimas, o tropeiro de mulas iluminadas e sua quadrilha já estavam sendo investigados pelas autoridades de vários países, o que o colocara temporariamente a salvo das Filhas de Shani.

Não se conteve e clicou novamente no vídeo do finlandês com olhos de husky siberiano, que tornou a assistir de ponta a ponta – desta vez, sem um pingo de compaixão. Perguntou-se como e com que recursos o material fora produzido, quantas e quais pessoas teriam sido envolvidas e se haviam tomado as devidas precauções para não se exporem.

Para a jovem advogada, indivíduos como Aleksi e Diego eram o mal encarnado, células cancerosas no tecido social que tinham de ser extirpadas. Estava determinada a fazer o que estivesse ao seu alcance para ajudar as Filhas de Shani a levar a cabo sua missão sem serem molestadas pela Justiça.

18

Debilitado pela febre, que surgia de manhã e aumentava com o passar das horas, as cólicas e diarreia incessantes que só faziam piorar e o mantinham em crescente estado de alerta, o Flautista mal conseguia suportar o desconforto do ônibus de quinta categoria, avançando aos trancos e barrancos pelo caminho estreito e sinuoso. Em função do festival religioso, fora a única condução onde conseguira assento livre para chegar à capital da Caxemira.

Consolava-o saber que, após mais de oito horas e quase 500 quilômetros de solavancos, estavam finalmente perto do destino. Seus ruidosos companheiros de jornada havia muito tinham desistido de puxar conversa com o sujeito esquisito e caladão, que fazia questão de viajar no assento dianteiro, bem atrás do motorista.

Pela janela, acompanhava indiferente o trajeto. Faltava-lhe energia até para se assustar quando a intrépida viatura, rangendo molas, beirava o precipício nas curvas mais sinistras e ameaçava despachar para as profundezas os itens amarrados, em precário equilíbrio, no bagageiro do teto (com sorte, os fedorentos engradados de galinhas, inclusive).

Fazer-se de surdo e mudo para não ter de revelar a identidade já era bem cansativo. Por sorte, seu tipo físico ajudava a disfarçar a origem estrangeira, sobretudo vestido a caráter e com a cabeça coberta por turbante, como os demais.

Em Srinagar, pretendia sair direto à procura de ajuda médica e ficar por ali até recobrar as forças, antes de se hospedar em algum povoado nas cercanias. Teria preferido um lugar mais distante do destino que, por precipitação, anunciara no Brasil. Mas agora ansiava por um refúgio suficientemente civilizado, que oferecesse um mínimo de higiene e segurança.

Atravessavam uma região marcada por conflitos étnicos ancestrais e afamada pela violência dos *dakaitis*, bandoleiros que desciam das montanhas para saquear os vilarejos e o que encontrassem pela frente. Era início de noite e a paisagem inóspita, quase desértica, assustava o Flautista. Viajava agarrado à mochila sobre o colo. Havia outro ocidental no ônibus, um louro alto com pinta de alemão, mas não tinham trocado palavra. De repente,

Valdevald percebe uma movimentação estranha sobre o teto e vê cavaleiros a galope ladeando o ônibus.

O veículo para e entram uns tipos esquisitos, que gritam coisas ininteligíveis para os passageiros. Têm o rosto coberto e estão armados com espadas e espingardas que mais parecem furtadas de um museu ou saídas de um filme de *Sinbad, o Marinheiro*, de tão antigas e exóticas. Um dos salteadores entra pela porta traseira e parte direto para o alemão que, depois de ensaiar alguma resistência, acaba entregando o que tem, ao receber uma coronhada na testa. Os demais vão sendo abordados, um a um, e cedendo docilmente seus pertences.

O Flautista finge que não é com ele e continua a olhar para a frente, mas trata de agir. Com os ombros praticamente imóveis para camuflar a manobra, tira lentamente da mochila o passaporte e os cheques de viagem, metendo-os dentro da calça. Com as pernas, tenta empurrar a bolsa para debaixo do banco, mas parte do volume permanece à vista. Um dos bandidos percebe o movimento e se irrita: saca da cintura o sabre e ameaça cortar o pescoço do espertinho, arrancando a mochila sob seus pés com violência.

Terminada a pilhagem, que incluiu toda a carga acomodada no teto do ônibus (as galinhas também no botim), o líder do grupo profere, aos berros, uma enfurecida algaravia que o Flautista interpreta como uma espécie de manifesto político. Assim que vão embora, começa uma igualmente incompreensível e ainda mais acalorada discussão entre as vítimas, desesperadas, que a julgar pelo gestual parecem acusar o motorista pelo infortúnio.

Depois de permanecer parado por mais de uma hora em meio à escuridão, o ônibus acaba seguindo viagem até um vilarejo onde há um posto policial e é, enfim, registrada a ocorrência. Quase ninguém fala inglês, o que deixa Valdevald e o alemão ainda mais tensos. O grupo fica por ali uns dois dias, antes de retomar a viagem. No segundo dia, as mochilas dos dois ocidentais são encontradas vazias.

A roupa do corpo, o passaporte, os cheques de viagem e uma aflição sem tamanho são tudo o que resta da bagagem do Flautista. Atraiçoado pelos guias invisíveis, está largado à própria sorte nos confins de um mundo estranho e hostil.

19

Cátia não se julgava uma pessoa religiosa, mas acreditava na existência do mal e era capaz de sentir sua presença. De mediunidade incomum, desde pequena identificava pessoas e ambientes carregados, pelo arrepio da nuca aos pés que chegava a paralisá-la.

Como outras crianças da sua idade, ouvia coisas e brincava com seres invisíveis, mas só ela tinha uma amiga fiel – uma moça bem morena, bonita e sorridente, quase sempre de xale, saia longa vermelha e um leque na mão. A mulher nunca dizia palavra; apenas observava e, de vez em quando, lançava uma piscadela cúmplice para a protegida.

No início, Cátia contava tudo aos pais, mas eles davam pouca importância à história, que creditavam à imaginação infantil. Somente tempos depois, incomodados com a persistência do fenômeno e receosos pela saúde mental da filha adolescente, o casal resolveu seguir o conselho da avó Consuelo e ouvir gente conhecida, ligada ao espiritismo, em busca de ajuda.

"Sua filha é médium sensitiva, uma pessoa especial. Ela precisa desenvolver esse dom e colocar a serviço do próximo ou pode até perder o juízo", foi a sugestão recebida. Porém, católicos e refratários às coisas do oculto, ambos ignoraram os conselhos e preferiram deixar que o tempo e os anjos da guarda cuidassem da questão.

Cátia teve de aprender a conviver com a "anormalidade" sem sofrer tanto, guardando para si suas percepções, pois não queria ser considerada esquisita nem passar por doida e tinha coisas mais importantes para cuidar. Sepultou sua amiga cigana no esquecimento e criou uma couraça para proteger-se de si mesma. Com o tempo e as vicissitudes da vida, acabou se tornando uma pessoa cínica e indiferente à dor do mundo.

Nos tempos de faculdade, quando os ânimos na mesa do bar se exaltavam em torno de questões filosóficas, éticas ou políticas, só entrava na discussão para contemporizar e suas relativizações exasperavam os colegas.

"Não existe verdade absoluta, nem certo ou errado. Em toda situação, sempre há vencedores e perdedores. Mesmo que Deus queira o bem para todas as criaturas, quando ele dá uma graça a uma pessoa deve estar ferrando outra, ou não? Se alguém ganha, outro tem de perder. O bem ou o mal só dependem do ponto de vista de cada um. Quem somos nós para julgar?"

Foi na rádio, em Campos, que a Cigana aprimorou esse outro dom, o do sofisma, e aprendeu a sobreviver no ofício da comunicação. Espremida no jogo de interesses entre patrões, anunciantes e poderosos da vez, volta e meia era obrigada a sacrificar os anseios do ouvinte e da coletividade para garantir o emprego e o salário no final do mês. Tinha contas a pagar e um sonho a realizar, não deixaria nada nem ninguém se intrometer.

Considerava ingênuos e contraditórios, quando não intelectualmente desonestos, os jornalistas da ala engajada da redação, os guardiões do pensamento politicamente correto, da justiça social e da defesa da natureza. Evitava demonstrar, mas os via como um bando de hipócritas e oportunistas; pessoas que, apesar do discurso pomposo e solidário, não hesitavam em jogar sujo ou sacrificar um companheiro de trabalho para subir na vida e satisfazer as ambições burguesas que tanto diziam desprezar.

Achava exageradas as críticas que faziam da sociedade de consumo e do capitalismo e não tinha paciência para o discurso inflamado com que sublinhavam suas ideias radicais, fosse para citar ditaduras assassinas entre modelos de justiça social ou para defender o retorno à vida tribal e à agricultura de subsistência como única alternativa de sobrevivência da espécie.

Ao chegar a São Paulo para trabalhar na multinacional, aos 32, a Cigana já tinha apanhado o suficiente da vida; não queria nem podia desperdiçar o que julgava ser a grande, talvez última oportunidade de se tornar uma mulher rica e poderosa – um projeto no qual a capacidade de desprezar os escrúpulos, atributo que ela tinha de sobra, era fator-chave de sucesso.

Mas muita coisa havia mudado em sua cabeça nos anos recentes. Sobretudo depois da última promoção, quando passou a ter acesso a informações partilhadas apenas pela meia dúzia de privilegiados do último andar, desencantou-se de vez com o universo corporativo. Constatou que o badalado desenvolvimento sustentável não passava de conversa fiada e que ela e os outros diretores eram apenas peças de uma máquina de moer carne humana para extrair dinheiro.

No início, Cátia ficou fascinada com o carisma, a sabedoria e a visão de mundo do presidente do conselho de administração, o engenheiro Plínio Azambuja, que ela elegeu como seu *coach* informal. Após brilhante carreira como executivo no setor de alimentação, o ex-seminarista de fala mansa e ponderada, proveniente de uma família abastada de Pernambuco, havia se tornado, aos 66 anos, uma celebridade na área da sustentabilidade empresarial, no Brasil e no exterior.

O rosto roliço, corado e bonachão inspirava confiança, reforçada pelos cabelos totalmente brancos aparados à máquina e os óculos de armação fina. Volta e meia, era personagem de capa de revistas de negócios e seu nome, um dos primeiros a serem lembrados pelos repórteres como fonte nas pautas sobre a contribuição do setor agrícola para o país e o mundo. As posições otimistas que ele defendia com firmeza eram a principal inspiração para o discurso institucional da companhia e do restante da indústria, tornando-o ainda mais cativante aos olhos de Cátia. Pessoa de fino trato e permanente bom humor, o *chairman* estava sempre pronto a pacificar os ânimos e conciliar as diferenças de opinião nas não poucas vezes em que o pau comia na sala de reuniões. Tanto com seus pares no conselho quanto nos contatos com a imprensa e o Terceiro Setor, exibia raro talento diplomático para negociar até conseguir o que queria. Nas entrevistas, dispensava assessoria e ensaios: com seu jeito manso e didático de conduzir o raciocínio, jamais fugia da pergunta e assim conquistava a simpatia do interlocutor, deixando o jornalista satisfeito, fosse qual fosse o assunto.

Azambuja tinha resposta para tudo e não se deixava provocar. Questionado sobre a aparente falência do modelo dominante de produção e consumo e por que razões deveríamos acreditar na sua viabilidade, lembrava que o homem já vivera crises muito piores e sempre conseguira superá-las com inventividade. Ilustrava o papel essencial do agronegócio na sociedade, lembrando que os humanos não são baratas e, por mais adaptáveis que fossem, dificilmente sobreviveriam a uma epidemia de fome. E que, com o crescimento projetado da população e da demanda por alimentos, só empresas de alcance global, capazes de investir continuamente em pesquisa e tecnologia, poderiam livrar a sociedade dessa ameaça terrível.

Em debates sobre temas mais polêmicos, como o perigo das sementes transgênicas e do uso generalizado de agrotóxicos, citava os tantos exemplos recentes de novas tecnologias que, após alguma resistência inicial, as pessoas acabavam incorporando com grandes benefícios. Convidado a comentar catástrofes ambientais, como as ocorridas em Bopal, Chernobyl e Basileia, ponderava que, apesar dos evidentes prejuízos, haviam resultado em convenções e normas que trouxeram uma diminuição real do risco de algumas atividades. Para Azambuja, não havia tempo feio: apesar de problemas pontuais, a espécie humana avançava, a passos largos, em sua marcha civilizatória.

A Cigana admirava o *chairman*, reconhecia seu valor e gostava de papear com ele; invariavelmente aprendia alguma coisa nova, interessante. Mas agora, sobretudo diante dos fatos recentes, percebia a fragilidade de várias posições por ele defendidas. Era evidente que, apesar do discurso sustentável, a indústria ignorava na prática o princípio da precaução, fundamental em atividades de elevado impacto e alto risco, como era o caso da Cronus e de suas concorrentes.

Eram os administradores em cargos diretivos, como ela, quem segurava o rojão, atuando sob pressão crescente dos acionistas, em um ambiente turbulento e incerto. Lastimavelmente, a partir da crise de 2008, as escolhas no topo eram mais orientadas que nunca para garantir, a cada final de trimestre, o retorno estipulado pelos acionistas e os dividendos prometidos aos investidores, muitas vezes, em prejuízo dos interesses da coletividade, de onde, em última análise, a organização obtinha os recursos e a licença tácita para operar.

Pela lógica do capital financeiro, que Cátia antes aceitava sem discutir e agora constatava ser a raiz do problema, tudo começava e acabava nas fontes de financiamento, os bancos e fundos de pensão; fossem quais fossem as circunstâncias, os primeiros dominavam o jogo e não podiam perder. Restava à indústria manter a chama acesa e apostar no otimismo, que era justamente o trabalho de Cátia e Adhemar.

A cada anúncio de uma nova fábrica (que, para a agonia de Danilo, a turma do andar de cima insistia em chamar de "planta"), fusão ou aquisição, a área de comunicação torrava milhões em publicidade, basicamente para dizer que todos sairiam ganhando com a novidade. Mais empregos criados, mais impostos arrecadados, economia local beneficiada, ganhos de qualidade de vida e ambiental... Sempre as mesmas ênfases, nos textos perfumados que Cátia aprovava sem titubear, para atender a conveniências políticas e satisfazer o orgulho do público interno – dos acionistas, sobretudo.

Para a Cigana, o *business as usual* e a obsessão por resultados não tardariam a encontrar seus limites. Nesse momento, o que o mundo dos negócios mais precisava eram executivos conscientes, destemidos, dispostos a pegar o touro à unha. Mulheres e homens preparados e capazes, mais preocupados com as futuras consequências de suas escolhas do que com a bênção do patrão, o currículo de glórias ou os bônus por desempenho. Pessoas bem diferentes dela e de seus colegas, enfim.

Durante o mandato de Cátia, diversos produtos da Cronus e da concorrência tinham sido retirados do mercado, na Europa e nos Estados Unidos, após muita luta de entidades ambientalistas e de defesa do consumidor, diante das evidências de contaminação do solo e dos recursos hídricos, além do crescimento das taxas de mortalidade por câncer nas populações rurais, entre outras. Mas a indústria nunca assumia a responsabilidade: a cada denúncia, alegava que o problema acontecera por uso indevido do produto ou por falta de equipamentos de segurança. A culpa era do usuário, em suma, e as histórias terminavam sem maiores consequências.

Para piorar, nas pesquisas de imagem conduzidas pela indústria, sempre eram altos os índices de favorabilidade das empresas na avaliação dos públicos, sobretudo no tocante à geração de emprego e renda e à contribuição para o desenvolvimento econômico e social. Afinal, havia décadas que nenhuma atividade produzia tanta riqueza para o país quanto o agronegócio, e as sementes transgênicas e os defensivos respondiam por boa parcela desse sucesso. Uma verdade que o *chairman* da Cronus e também da Agro&Vida – a associação que defendia os interesses do setor – sabia explorar como ninguém.

Dessa vez, entretanto, a coisa era bem mais séria e preocupante. Se ficasse comprovado que os campeões de faturamento da companhia estavam provocando a extinção de colmeias inteiras em vastas regiões agrícolas, como tudo parecia indicar, faltariam abelhas para polinizar as plantas e, em poucas décadas, o impacto no planeta seria praticamente irreversível. A preocupação já há algum tempo vinha aparecendo nas pesquisas qualitativas, nas quais grupos de discussão formados por pessoas de diversos estratos da sociedade, estimuladas por um mediador, expunham livremente suas percepções e opiniões a respeito de uma lista de itens fornecida pelos contratantes do estudo. E mais recentemente, tornara-se habitual nas teleconferências com analistas de mercado, durante a divulgação de resultados trimestrais. Eles temiam pela saúde da galinha dos ovos de ouro da companhia e, por consequência, pela derrocada do valor das ações.

A Cigana e seus companheiros da alta administração, bem como seus pares nas empresas concorrentes, seriam os responsáveis pela tragédia no principal mercado consumidor. Pior, já tinha gente cuidando para que os quatro maiorais da Cronus recebessem o que mereciam.

20

O sol ameaçava despontar por trás da cumeeira quando o grupo alcançou seu destino, após horas de caminhada por um terreno íngreme e pedregoso que mais lembrava a superfície de outro planeta.

Após a espera inútil por algum tipo de resgate, no precário posto policial onde haviam a contragosto estacionado, Valdevald e o suposto alemão embarcado no ônibus, famintos e exaustos, tinham resolvido acompanhar três parceiros de desdita cujos parentes, pelo que conseguiram captar do inglês trôpego – em parte compensado por frenética gesticulação – do mais velho deles, habitavam "uma aldeia não muito distante, onde seriam recebidos de braços abertos".

De fato, tiveram calorosa acolhida, embora a estada fosse bem mais longa do que o brasileiro poderia imaginar. Em poucos dias, sua temperatura subiu como um foguete e no alto permaneceu; manchas rosadas surgiram no tronco e no abdome, agora duro e distendido. Não demorou alguns dias e o quadro, já preocupante, se agravou: perdeu de vez o apetite, vomitava tudo o que ingeria – água, inclusive – e o branco dos olhos deu lugar ao amarelo. Desfaleceu, delirou e fez uma longa e excruciante descida ao inferno.

Motijhara e *krishna tulsi* foram os últimos sons a pairar na névoa da lembrança, sussurrados por seus recém-revelados anjos da guarda.

21

"O que é que tá havendo com a Número 1, Danilo? A chefinha anda muito calada, acho que aí tem coisa", Afrânio cutucou, encarapitado na banqueta. Tinha acabado de esvaziar o terceiro sachê de açúcar dentro da xicrinha de porcelana com o logo da Cronus e agora mexia bem devagar, com a haste plástica, o grosso xarope de café *espresso* fumegante; a julgar pelo gestual, se fosse por ele a conversa iria longe.

Estavam a sós na exclusiva copa do último piso, frequentada pelo seleto grupo que trabalhava colado ao poder: as secretárias executivas do conselho e da diretoria e respectivas assistentes, além dos motoristas, seguranças e contínuos. Afora, é claro, um ou outro gestor que, por força da função, tinha livre acesso aos manda-chuvas e costumava circular pelo andar, como era o caso do braço direito da Cigana.

"Fechamento de exercício é sempre assim, a pressão só aumenta", disse o jovem gerente, tentando desviar a conversa. Com fingida displicência, serviu-se de mais um minissanduíche de salmão e *cream cheese* da bandeja de aço sobre o aparador e tirou da geladeira uma caixinha de suco de uva.

O outro voltou à carga: "Ela não tem mais nada com o Adhemar, dizem...".

"Você acredita mesmo que houve essa história toda entre os dois, amigo? Deve ter uma boa dose de exagero no que andaram comentando", tentou desconversar o gerente.

"Era o próprio Adhemar que contava tudo pro motorista, Danilo! E aqui pra nós, até não muito tempo atrás aqueles dois só viviam grudados! Parece que rolou a maior paixão, que estavam mesmo a ponto de assumir e se juntar, mas o malandro roeu a corda e voltou pra esposa e pros filhos. Depois dessa encrenca, desconfio que a chefinha nunca mais ficou com ninguém, e isso é um desperdício de doer!". Os dois riram.

"É foda, Afrânio, a galera não perdoa, está sempre metendo o bedelho na vida dos outros.". Sabia que essa versão romântica do desenlace estava longe de ser verdadeira.

"E essa história das abelhas, o que é que você acha, hein? Se o que estão dizendo for verdade, vai dar a maior merda, né não?"

Danilo se surpreendeu, mas ficou na dele. "O que é que estão dizendo sobre as abelhas, agora?"

"Parece que o sumiço das colmeias é mesmo culpa de uns produtos da firma e, cedo ou tarde, a Cronus vai morrer numa indenização bilionária. Pode ser até que tenha de fechar alguma fábrica, e aí vai ser um desastre prum monte de colegas, imagina! Mas isso não pode ser novidade pra você, certo? O homem da comunicação está sempre por dentro de tudo..."

Sabia, mas não podia imaginar que a encrenca já estivesse tão amplificada na boca do povo. Engoliu o último naco do sanduíche, tomou o resto do suco de um gole só e levantou-se, sinalizando o final da conversa. Tinha acabado de confirmar um temor e não podia deixar o motorista perceber. Resolveu contar uma piada, para disfarçar.

"Não é mole, nas redes sociais as histórias se espalham tão depressa que nem dá pra acompanhar. Conhece aquela do macaco e do leão? Diz que o macaco tava passeando na floresta de manhã cedinho e flagrou o leão bebericando num regato, com a bunda de fora. O sacana não pensou duas vezes: rapidinho, foi lá, enrabou o rei da selva e saiu em disparada pela mata. Humilhado, doido por vingança, o leão correu atrás do estuprador e, depois de uma perseguição doida, começou a chegar perto. Esbaforido e morto de medo, o macaco vai parar num *camping*, onde todos ainda dormem. Senta diante da mesinha de armar, põe o chapéu de caçador e imensos óculos escuros esquecidos ali e enterra a cara num *laptop*, na esperança de enganar sua vítima. O leão chega, dá com aquela cena bizarra mas, perturbado como está, não percebe o logro. 'Por acaso o senhor viu um macaco passar correndo por aqui?'. Nervoso, o macaco se entrega: 'Qual, aquele que enrabou o leão?'. E o rei da selva, desesperado: 'Não posso acreditar. Já está na Internet!?'".

Na véspera, eram oito e meia e Danilo estava trancando a gaveta, quando a chefe desceu da reunião misteriosa com o diretor financeiro e o CEO. Parecia ter visto assombração, as sobrancelhas franzidas no rosto tenso e branco como cal; as mãos e os lábios trêmulos. Nem chegou a sentar diante dele, como costumava: de pé, mesmo, pediu que atualizasse o posicionamento sobre as abelhas, com os dados que eles dois haviam selecionado do estudo do doutor Govind, e aproveitasse para rever as Qs&As e os *talking points* para eventuais solicitações da imprensa.

"Consegue preparar tudo e mandar para mim e o Adhemar antes de sair?"

"Tinha deixado pra fazer isso com calma amanhã. Mas se é urgente, claro que dá. Você acha que este assunto ainda vai render, Cátia?"

"Pode ser que sim, melhor estarmos preparados."

E mais não disse, o que Danilo estranhou. Se a chefe silenciara sobre a reunião quando normalmente dividia tudo com ele, o assunto era sério e só podia ter a ver com as malditas abelhas. Ficaria mais duas horas, pelo menos, no batente. O jantar *en petit comité*, que o aguardava em casa para comemorar o aniversário de namoro, tinha ido pro brejo. Lindomar ia ter de entender, sorte que era um cara legal.

Danilo já estava de saco cheio dos tais *issues*, os temas espinhosos para a imagem e os interesses da companhia. Manter atualizada a penca de documentos atrelada a esses assuntos era o próprio trabalho de Sísifo.

A depender do grau de combustão e do teor explosivo, cada uma das encrencas reais ou potenciais relacionadas às atividades da companhia e aos seus *stakeholders*, ou públicos de interesse, gerava um "pacote" de, no mínimo, três documentos: posicionamento, Qs&As e *talking points*. Além da canseira que davam para administrar, representavam uma parte praticamente invisível do trabalho da Comunicação e, infelizmente, só ganhava a luz dos refletores nos momentos de crise.

Saía do sério com os eufemismos afetados da linguagem corporativa e achava pretensiosa a mania de envernizar, no idioma estrangeiro, termos perfeitamente traduzíveis em bom português, só porque trabalhavam numa multinacional americana.

Os posicionamentos, ou termos de referência, eram documentos em que a Cronus abordava temas controversos e esclarecia sua posição. As Qs&As, uma exaustiva relação de perguntas possíveis e imagináveis, com as respostas adequadas para situações de entrevista. E os *talking points*, traduzidos toscamente como "pontos de fala" pela maioria das assessorias de imprensa, nada mais que argumentos a serem explorados pelos porta-vozes nos contatos com a imprensa e outros públicos.

O dossiê de cada tema sensível podia incluir um ou mais anexos, com informações complementares destinadas a conferir isenção e credibilidade aos conteúdos. Em casos mais delicados, como o das abelhas, artigos científicos, estudos setoriais e pareceres de especialistas independentes, entre outros, recheados de gráficos e estatísticas simpáticos aos argumentos da companhia. Completavam o pacote resultados selecionados de avaliações de imagem conduzidas anualmente entre os públicos estratégicos.

Coordenadas diretamente pela agência de RP em Londres e com o apoio de uma afiliada no Brasil, essas pesquisas abordavam o desempenho econômico, social e ambiental da companhia; a segurança e eficácia de seus produtos; e seu grau de favorabilidade ou aprovação nas regiões onde atuava.

Quando saíam os resultados, a cereja do bolo era invariavelmente a contribuição da Cronus para a geração de renda e emprego, sempre muito bem explorada nos seus premiados relatórios de sustentabilidade.

No tocante ao desempenho ambiental, o resultado não era tão confiável, já que a maioria dos respondentes – clientes, autoridades e ONGs parceiras, entre outros – ganhava com o negócio ou, no caso dos fazendeiros, não tinha interesse em reconhecer os riscos para a saúde e o meio. Já nas pesquisas qualitativas, cujos achados eram reservados para orientação interna, a história era outra: nos grupos de discussão, apareciam claramente os pontos críticos e, de algum tempo para cá, menções frequentes ao desaparecimento das abelhas.

Apesar de contar com o apoio de uma prestigiada e muitíssimo bem remunerada assessoria de comunicação (os caras ganhavam pelo menos o dobro do que Danilo julgaria justo, diante do que era entregue), ele tinha de revisar tudo, linha por linha, porque os caras nunca acertavam de primeira. Gastava horas conferindo os documentos e suas versões em inglês, preocupado com o tom, o equilíbrio, a precisão vocabular e a atualidade da informação.

Cabia a ele e à sua equipe zelar pelo recurso mais precioso da Cronus em momentos de crise: um discurso único, robusto e homogêneo. Debaixo de uma chuva de demandas por informações, vindas da imprensa, de analistas de mercado, clientes, fornecedores e do próprio público interno, entre outras partes interessadas, nada pior e mais arriscado do que improvisar. A chance de um porta-voz sob pressão informar alguma coisa ou assumir determinada posição e ser desmentido pelos fatos era enorme – um desastre que faria a festa dos jornalistas, aumentaria a exposição negativa e, a depender do desenvolvimento do assunto, poderia afetar seriamente os negócios.

Dentre todos os públicos, os mais sensíveis a más notícias eram as agências de classificação de risco, os analistas financeiros e os gestores de investimentos: estavam sempre de olho na capacidade da companhia de honrar suas promessas ao mercado e prontos a rever suas avaliações, o que podia implicar a queda no valor das ações e prejuízos multimilionários da noite para o dia.

Por isso, Danilo era obrigado a trabalhar com os colegas de Relações com Investidores, cujo discurso, forçosamente otimista, não raro conflitava com os princípios da transparência e do dever de prestar contas, tão valorizados no discurso da Cronus. E ainda pior, a acatar, sem discussão, a orientação dos advogados da companhia, cuja prioridade era defender o bolso dos acionistas fosse qual fosse a questão.

Fato é que, com apenas pouco mais de dois anos no cargo, o gerente mais jovem da Cronus começava a questionar sua promissora carreira. No início, tudo eram flores, como acontece quando o sujeito consegue realizar algo com que sonhou a vida inteira. Nunca um estagiário se empenhou tanto em agradar: o tempo todo alegre e bem-disposto, fazia de tudo um pouco para todos e não reclamava de nada.

Contratado, sentia-se privilegiado por ostentar no peito o crachá de uma grande empresa. Contar com a certeza do contra-cheque no dia 30 de cada mês, férias e 13º salário, sem falar em benefícios como vale-refeição, plano de saúde, seguro de vida e previdência privada complementar. Uma realização e tanto para o rapaz de origem simples, vindo de uma família que prezava a educação e o trabalho honesto e ensinara os filhos a lutarem pelo que queriam.

Com a promoção a gerente, ao conforto da estabilidade se somaram mordomias: polpudos bônus por desempenho no final do ano; vaga na garagem e assento na classe executiva, em viagens internacionais, entre outras. Sem falar em benefícios intangíveis, como a sensação de poder, o prestígio, a admiração dos parentes e conhecidos e – por que não confessar? – a doce vingança que saboreava no íntimo, ao imaginar a inveja dos colegas na faculdade de Comunicação, que pelas costas o tachavam de pela-saco e CDF, mas na hora H não tinham a menor vergonha de pegar carona nos trabalhos em grupo ou pedir cola. A essa altura, deviam estar desempregados, sobrevivendo de frilas ocasionais ou ralando feito doidos por salários ridículos em assessorias inexpressivas. Aqui se faz, aqui se paga, já dizia sua avó.

Mas nada como o tempo e o hábito para embaçar os méritos de qualquer conquista. Agora, o executivo volta e meia se flagrava questionando o que alcançara. "Cuidado com os seus desejos, pois eles podem se realizar", costumava dizer seu parceiro, nas conversas do casal sobre o assunto. Os dois tinham se conhecido um ano antes nas noites de Nova York, onde Lindomar sobrevivia como guia de compras para brasileiros e fazendo biscates de toda sorte. Havia alguns meses, de volta ao Brasil, se instalara no apartamento de Danilo.

Apesar da certa aura de mistério que guardava em torno de si e de onde tirava sua renda – Danilo só sabia que o companheiro mantinha vínculos com uma turma que conhecera em NYC e recebia algum tipo de ordenado por serviços ocasionais –, Lindomar era a única pessoa a quem o executivo confidenciava suas agruras; um misto de confessor e conselheiro, que ouvia em silêncio os desabafos, só interrompendo para esclarecer algum ponto ou pedir mais detalhes.

O baiano era mesmo porreta. Além do físico invejável e incansável disposição para trocas amorosas, tocava violão e cantava bem à beça, cozinhava como um *chef* e, nos *happy hours* da Cronus, que fazia questão de frequentar, siderava as atenções – até mágicas o cara fazia, brincando de trocar o idioma e as fotos de perfil dos celulares da galera. Não bastasse tanto, ajudava Danilo com o trabalho, em casa, pois além do inglês fluente, dominava como poucos as planilhas do Excel e era capaz de realizar milagres no *laptop* do companheiro.

Em suas crises de consciência, Danilo odiava quando Lindomar, um eterno gozador, chamava-o de Fausto. Mas no fundo, desconfiava que havia mesmo vendido a alma ao capeta.

Bem ou mal, era dos camarins da Comunicação que os fatos saíam para o palco, maquiados e paramentados de acordo com a ocasião, numa *mise-en-scène* onde lhe cabia a tripla função de figurinista, produtor artístico e roteirista – esta última, como *ghost writer* dos figurões, a que mais o afligia.

22

Não fosse a sensação de pouco espaço, o Matemático sentia-se em casa no apartamento do colega Ramkrishna, um cômodo de no máximo 30 metros quadrados onde se acotovelavam a sala de estar, a cozinha e o dormitório, este último, separado por uma divisória em sândalo que exalava um perfume indiscretamente adocicado.

Moravam não muito distantes um do outro, em uma área ocupada por conjuntos residenciais da classe média bem remediada – tristonhos blocos de prédios de concreto de três ou quatro andares construídos na década de 1950 e tão decadentes, encardidos e malconservados que mais pareciam fadados a compor um bizarro sítio arqueológico do século XXIII.

Para o nova-iorquino bem-nascido, essas aberrações arquitetônicas por todo lado desfiguravam o visual das cidades indianas, quase sempre pontilhadas por belíssimos templos, palácios e outros marcos de um passado glorioso. Mas o que realmente o perturbava, no seu prédio de apartamentos um pouco maiores, era ter o seu espaço invadido sem trégua pela algazarra de vozes, rádios, vitrolas e tevês, o cheiro acre e onipresente de *curry*, incenso e frituras, além dos olhares indiscretos dos vizinhos, chegados de todas as direções pelos corredores e o pátio interno cercado de balcões.

Mas agora, fascinado pela profusão de números, signos e diagramas indecifráveis traçados a bico-de-pena em uma folha branca de papel, pousada com cuidado sobre a mesa e apresentada, em tom solene, como o seu aguardado mapa astrológico, o Matemático se sentia tal qual o burro diante da catedral, uma situação inédita para o antigo gênio de Wall Street.

"Posso entender que o horóscopo corresponde às minhas impressões digitais cósmicas, e representa a minha identidade pessoal e intransferível escrita nas estrelas?", perguntou.

"Escrevemos a nossa própria história nos céus, tatuando figuras nas estrelas, como garrafas de náufragos enviadas a não se sabe quem. Não é o céu que se inscreve em nós, prezado Kapila: somos nós que escrevemos nos céus a nossa própria saga, somos nós que tecemos e construímos o sentido das nossas vidas, por meio das palavras e das ações em meio à multidão. Às vezes, belas palavras e ações, mas outras...", respondeu Ramkrishna.

Para o levantamento de seu mapa – tarefa que absorveu o *pandit* em seguidas consultas a tabelas astronômicas dispersas por misteriosos caderninhos de capa preta, pinçados das estantes repletas de livros em todo o redor –, Bob havia fornecido a data, hora e local de nascimento verdadeiros, e não os de sua nova *persona*.

À medida que o indiano discorria sobre as posições planetárias e suas expressões no universo pessoal do consulente, o americano ia fazendo as conexões com fatos, pessoas e acontecimentos de diferentes épocas da sua vida, fascinado com os acertos no que ouvia.

"Você tem o Sol em Touro, que vai se tornando preguiçoso e fraco pelos confortos que o dinheiro compra; ou forte, pelo trabalho tenaz e paciente: sólido, teimoso, lento, que palpa as coisas com os pés, que nem o soldado de infantaria em campo minado. O taurino sabe que bem ali, no escuro, o Escorpião espreita, a morte está à espera. E a Lua em Capricórnio revela uma pessoa insegura e carente de afeto, atrás de reconhecimento e honrarias, mas também voltada ao cumprimento do dever e ao exercício da responsabilidade pública."

"Tudo pelo banco, você praticamente não tem vida, passa o dia inteiro fora, enfurnado naquela torre infernal e, quando está em casa, fica o tempo todo trancado lá em cima, no escritório; a gente nem consegue mais conversar direito, não sei onde isso tudo vai parar...", as palavras de Sarah ressoavam na cabeça de Robert White Sherman – agora, Daniel Jones Gonzalez; ou Pandit Kapila, no grupo de trabalho.

O velhinho prosseguia, volta e meia tirando os óculos fundo de garrafa com uma das mãos e mantendo-os no ar, ao lado do rosto, para logo em seguida recolocá-los – um gesto de efeito, quase um cacoete, repetido a cada vez que ele interrompia a leitura para certificar-se da atenção do interlocutor após ter feito um comentário espirituoso ou alertado sobre algum perigo.

Ao iniciar a sessão, ele dera uma breve explicação do método que utilizava. Os livrinhos misteriosos eram as Efemérides Astronômicas, que assinalavam as posições planetárias; e as Tábuas de Casas, que localizavam na Terra esses pontos celestes, ou seja, que vêm do céu para o nosso planeta. Um astrólogo tarimbado, como ele, levava no máximo uma hora para fazer à mão todos os cálculos.

"Com a ajuda do computador, consigo levantar o mapa em dez minutos, mas prefiro fazer como meu mestre e os que vieram muito antes dele", justificou o *pandit*. E esclareceu que a interpretação, ao contrário do cálculo, vai da Terra para o céu, ou seja, são os ciclos da natureza e do que nela existe que são projetados no céu, e não há uma "impressão cósmica", mas uma expressão coletiva, como num grande coral composto de muitas vozes diferentes. Ou seja, na interpretação, o que se verifica é a potência de cada pessoa (a Lua, sentimentos, paixões, desejo) e como ela se expressa melhor (Sol, pensamentos, objetos, lógicas).

"No seu mapa, a Lua está em Capricórnio (casa profissional), lá em cima, em trígono com Saturno em Virgem, na casa seis, que é a casa da Virgem: mais detalhista e chato, impossível. O seu talento com os números vem daí. E esse Saturno e essa Lua, então, em trígono com o Sol, a Lua Negra e o Mercúrio em Touro, revelam um sujeito terrestre, material, teimoso e obstinado, difícil de aturar. E na casa quatro, lá no fundo do mapa, se encontra

Urano, o planeta da ciência, no signo de Câncer, da geração da informática, inquieto com qualquer familiaridade, orientado aos objetos e às coisas, gozador, prazeroso."

Detalhista, chato, teimoso, obstinado, difícil de aturar. Duro de ouvir, de um sujeito que não o conhecia na intimidade, as mesmas coisas que Sarah tantas vezes repetia em casa, nas raras ocasiões em que, após seguidas investidas, conseguia fazê-lo interromper a leitura para discutir a crise conjugal.

Como eram chatas e intermináveis aquelas conversas de fim de noite, quando ela já estava grogue com o vinho branco e as malditas pílulas e ele pronto a dar o dia por encerrado e dormir. Davam voltas e mais voltas em torno dos mesmos problemas, como folhas flutuantes redemoinhando em algum remanso entre as pedras, antes de retomarem seu curso rio abaixo e seguirem o fluxo da vida, rumo ao esquecimento. Horas de sono perdido, antes de mais um dia no mundo real, o do dinheiro – pelo menos, o único que ele conhecia até poucos anos atrás.

"O ascendente, Vênus e os Nodos em Áries mostram alguém impetuoso, agressivo, com facilidade para enriquecer, já que Vênus é dono da casa da grana, que está em Touro, o objetivo (Sol) final de tudo, posse e prazer, fruição. O ascendente em Áries gera o espírito competitivo, de ser o primeiro da turma; e Marte em Virgem, na sexta casa, sempre crítico e autocrítico, vítima do complexo de superioridade."

Crítico e autocrítico, sem dúvida; competitivo e com sede de mais, sempre; mas complexo de superioridade era demais da conta – essa, ele nunca tinha ouvido, pelo menos com essas palavras. Verdade, muitas vezes seus colegas do banco, frustrados pelo sinal vermelho do chefe para alguma operação de alto risco, acusavam-no de dono da verdade. E se parasse para pensar melhor, o próprio apelido "Matemático", saído de algum invejoso de Wall Street, poderia sugerir uma pessoa com pretensões superiores, um gênio solitário enredado em seus números, cálculos, projeções e indiferente a todo o resto. Como, infelizmente, ele agora reconhecia ser o caso.

"Os últimos anos foram de perdas e tristezas; agora, você se acostuma com a vida nova sem os laços e referências que tinha até dois, três anos atrás. Parceiras ou parceiros fogem, desaparecem ou começam a enlouquecer (Netuno na casa 7), porque não aguentam ver as relações, cheias de ímpeto inicial, ruírem e se transformarem em algo morno, distante."

Pandit Ramkrishna removeu uma última vez os óculos e observou o colega Kapila. Seu amigo parecia inquieto, imerso em pensamentos aflitivos, como costumava ficar na época em que tinham se conhecido. O velhinho imaginou por quantas provações teria passado aquele sujeito – de início, esquisitão – que logo conquistara a admiração de todos pela sua capacidade de abstração e facilidade de sintetizar números e conceitos filosóficos complexos. Qualidades raras na maioria dos americanos que haviam cruzado o seu caminho. E se perguntou, uma vez mais, o que poderia ter levado um brilhante professor universitário a deixar o conforto e a segurança do país mais rico e poderoso do mundo, para viver em uma terra tão longínqua, exótica e desigual.

"Que tal um intervalo para o chá, prezado Kapila?", convidou. E já antevendo o gosto do amigo, emendou: "Ou você prefere descer até a rua para esticar estas suas pernas de girafa e tomarmos um bom e refrescante *lassi*?"

23

O novo vídeo era impactante o suficiente para manter a distinta plateia petrificada em seus assentos durante os oito minutos de exibição. Estonteante sequência de imagens cruas, editadas em corte seco ao som de *Doppelgänger,* de Schubert, culminavam com bizarra coreografia de figuras fantasiadas de abelhas, cambaleando ou se arrastando pelo chão, enquanto uma voz cavernosa (em *off*) recitava, em inglês carregado de alemão, um manifesto que não deixava qualquer dúvida sobre as intenções dos autores da montagem.

Em resumo: a grande responsável pelo envenenamento de bilhões de pessoas e a futura extinção das abelhas em todo o planeta era a Cronus e, no país onde a diabólica corporação mais lucrava com seu crime, os culpados tinham nome e sobrenome.

Ao final, o silêncio no ambiente era tão intenso que o burburinho da água nos dutos de aquecimento ficava claramente audível.

Encontravam-se em uma sala reservada da sede londrina da Chimera, no oitavo e último pavimento de um antigo prédio comercial recém-remodelado na Lower Thames Street: a Cigana e o CFO Adhemar Bontempo, representando a cliente Cronus; Jonathan, Bruce Tarrant e Trevor Robins, pela agência; e Derek Spencer, dos serviços de informação – um gordote baixinho e careca na faixa dos 70, de faces coradas, óculos de aros de tartaruga, gravata borboleta, suspensórios e um sorriso angelical, mais para um regente de coral de igreja ou campeão de xadrez do que para o agente de serviço secreto que as pessoas costumam ver em filmes e seriados.

Entreolharam-se os seis por alguns segundos, ainda sem dizer palavra, como se tentassem adivinhar o que se passava na cabeça dos vizinhos a partir da expressão estampada em cada rosto.

"É o perfeito *Bee Movie de Terror*", gracejou 'Dentes de Alho', com seu sorriso amarelo-quase-marrom, "mas não creio que vá repetir o sucesso de bilheteria da versão original...". Esboçou uma risada ao concluir a frase, mas a fúria maldisfarçada no rosto da cliente rapidinho o fez mudar de ideia, resultando num exótico contorcionismo facial.

"Desculpe, meu caro, mas não consigo achar graça. E estou certa de que nossos clientes, colaboradores, acionistas e investidores tampouco irão achar", cortou a Cigana, afastando da mesa a cadeira de rodinhas e girando-a na direção do diretor da agência, olhos nos olhos como se estivessem só os dois no aposento.

"Aquelas imagens das crianças em uniforme escolar entrando nas ambulâncias e dos aviões pulverizando o campo vão ressuscitar o problema de Rio Verde e podem trazer muito dano à nossa imagem. Até aqui, tínhamos conseguido confinar a divulgação às tevês locais e, apesar de todo o barulho dos xiitas, as coisas estavam se acalmando. Mas agora... E ainda por cima, associar nossas imagens e nomes ao incidente? Este filme é o pior dos pesadelos, pelo amor de Deus!"

Embaraçado com a reação da colega, além de impotente diante da situação, Adhemar recolheu-se como um caramujo e, dentro de sua concha imaginária, tratou de distrair-se calculando a pequena fortuna que a agência devia ter investido naquelas 12 cadeiras Aeron ao redor da mesa. Pelo preço unitário, que como bom apreciador de *design* de qualidade ele sabia ser de cerca de mil libras, o lote teria saído por, no mínimo, 10 mil após uma boa negociação. Ele sonhara ver um dia cadeiras iguais àquelas instaladas em todas as salas de reunião da Cronus, não apenas nos gabinetes da diretoria e do conselho (visitantes e administradores de fundos de pensão, inclusive, iam ficar impressionados com a pujança da companhia e isso seria altamente positivo para os negócios). Mas a pretensão foi abortada por um lacônico parecer da diretoria administrativa, que desaconselhou a aquisição por "tratar-se de produto importado e de alto luxo, cujo preço é incompatível com o esforço de contenção de custos em curso na organização". Como ele era, por dever de ofício, o grande paladino da economia na empresa – "custo é que nem unha; se não cortar, cresce" era uma de suas máximas –, teve de recuar sem dar um pio. No final, foram adquiridos móveis similares nacionais por dez por cento do valor e o assunto morreu.

"E o que mais nossa central de espionagem apurou, além deste vídeo? Pelo custo do homem-hora deles, nosso diretor financeiro aqui deve estar se perguntando o que mais vocês têm a oferecer, certo, Bontempo?", a Cigana provocou, agora com os olhos cravados nos dois ingleses.

Flagrado nas nuvens, Adhemar quase sorriu por reflexo, impressionado como sempre com a sagacidade da colega. Mas se conteve a tempo, franziu as sobrancelhas e assumiu uma expressão inquisitiva, como requeria a ocasião. Na discreta admiração com que volta e meia olhava para Cátia, transparecia, para um observador sagaz, a cumplicidade e paixão que um dia haviam transtornado a vida dos dois. Fato é que, diante da política interna que obrigaria um deles a deixar a companhia caso quisessem oficializar a relação, eles haviam recuado, cada um com suas justificativas. Não porque o executivo fosse um covarde e tivesse se refugiado no casamento, nem porque sua colega e amante preferisse continuar uma mulher livre e sem compromissos a desfazer uma família: na verdade, ambos tinham grandes responsabilidades e carreiras promissoras pela frente e o amor podia esperar.

"Sabemos que são ações coordenadas a partir de Dusseldorf por um grupo ultrarradical que se assina Schreckliche Mutter (Mãe Terrível)", Derek respondeu de imediato, sem se abalar com a rispidez da cliente. "Seu líder é dissidente do Greenpeace, um alemão conhecido como Django, cuja verdadeira identidade estamos a ponto de apurar. Essa organização é praticamente desconhecida no Brasil, embora suas ações sempre tenham grande impacto midiático. E conta com uma vasta rede de colaboradores em diversos países: gente jovem, recém-graduada ou em início de carreira e bem-nascida, na sua maioria. Foram gravadas mil cópias deste vídeo, legendadas em alemão, francês, espanhol e português. Com a ajuda de um colaborador nosso infiltrado no meio, conseguimos identificar outras campanhas do grupo. O *modus operandi* é sempre igual: primeiro, usam as redes e outros meios para chamar o máximo de atenção sobre a questão, sobretudo entre os públicos estratégicos do alvo, e só depois desfecham o golpe", prosseguiu o sujeito.

"Já temos os nomes desses malucos?", interveio Adhemar, agora imaginando o quanto de dinheiro da companhia não teria financiado estas sofisticadas instalações – a cadeira Aeron em que estava sentado, inclusive. Por ele, quanto mais rápido dessem um jeito na bagunça, melhor, pois menores seriam os prejuízos. Dentro de uma semana haveria nova divulgação de resultados trimestrais e ele não gostaria de ter de tranquilizar os analistas de mercado quanto à possibilidade de perdas no faturamento e no valor das ações, devido a essas campanhas ridículas. "Por que não denunciamos o plano e metemos essa corja toda na prisão?", sugeriu.

Cátia baixou a cabeça, sem graça com a ingenuidade do colega. Preferia ter convidado Danilo em vez de Adhemar, mas o CFO não iria perder a oportunidade de se afastar da batida paulistana para uma semana inteira na sua cidade europeia favorita. E a Cigana não queria ficar sozinha nessa fria – quanto mais colegas da alta administração conseguisse envolver, melhor.

"Até aqui, nossos *hackers* já identificaram alguns contatos periféricos da organização; o núcleo trabalha na Internet profunda, sendo praticamente impossível alguém chegar neles. Mas mesmo que soubéssemos quem são, meu caro, envolver a polícia agora seria como tentar apagar a fogueira jogando gasolina – só estaríamos contribuindo para dar ainda mais visibilidade à história, o que é tudo que eles querem. Como das outras vezes em que enfrentamos situações parecidas, o segredo é desarticular a operação na moita; de preferência, antes que chegue às redes sociais ou à imprensa", doutrinou Jonnie.

"E a última campanha dos caras, qual foi a indústria da vez?", quis saber o CFO. "No ano retrasado, o alvo desses doidos foi o comércio de *shahtoosh*, um dos itens mais cobiçados no mundo da moda. É feito com a lã do chiru, um antílope tibetano. De quatro a cinco animais têm de ser sacrificados para fazer um xale, que pode custar até 4 mil libras. Com o aumento da demanda no Ocidente, o bicho entrou em rápido processo de extinção – de uma população estimada em 1 milhão, sobraram menos de 100 mil, pelos cálculos mais otimistas. Graças a uma campanha patrocinada por conservacionistas e famosos como o Príncipe Charles, a posse e venda do *shahtoosh* foram banidas em diversos países. Mas isso só fez aumentar o valor dessa lã no mercado negro e, é claro, ela continua a ser produzida e vendida. O curioso é que desde o início dos anos 2000 o governo da Caxemira vem propondo o fim da proibição, alegando que essa indústria existe há mais de seis séculos e que a interdição ameaça a sobrevivência de pelo menos meio milhão de pessoas, entre tecelões, comerciantes e suas famílias."

"Pois é, difícil afirmar o que é justo ou quem tem razão, tudo depende do observador, das prioridades das partes envolvidas e do horizonte temporal em que a situação é analisada. O que deveria ser mais importante neste exato momento: proteger os antílopes ou as pessoas? Quem garante que estaremos aqui dentro de cem anos, homens ou antílopes?", filosofou Dentes de Alho.

"É verdade", arrematou a Cigana. "Se os críticos da nossa indústria levassem em conta os benefícios que as sementes transgênicas e os defensivos trazem para um imenso contingente de pessoas no mundo inteiro, com certeza a discussão seria mais equilibrada. Mas essa gente não abre mão das utopias."

"E o que a Mãe Terrível aprontou, nesse caso?", insistiu o CFO, já pensando no almoço. Por sugestão sua, aguardava-os uma mesa no badalado restaurante do Connaugh Hotel, em Mayfair. Umas 150 libras por cabeça, vinho incluído, pagas pelos anfitriões. O fato de que a soma estaria embutida, com certeza, na próxima fatura da agência ele conseguia relevar – ninguém é de ferro. No mais, a despesa sairia do orçamento da colega, e não do seu próprio.

Jonathan limitou-se a empunhar o *mouse* sobre a mesa e a clicar em uma caveira com ossos cruzados, na área de trabalho de seu *laptop*, exibida em tamanho gigante ao fundo da sala.

Seis pares de olhos, dois deles mais para assustados do que curiosos, convergiram no telão, e o silêncio carregado de eletricidade voltou a dominar o ambiente.

24

Cátia estava debruçada sobre o termo de referência acerca da questão das abelhas, que tinha sido atualizado por Danilo para que ela pudesse colocar o conselho de administração a par dos últimos acontecimentos.

Na verdade, o problema já vinha mobilizando a atenção não só da empresa como da concorrência, no mundo todo, desde que surgiram sinais de que o sumiço de colônias inteiras do inseto podia de fato estar relacionado aos "neonics". A preocupação evoluíra para o alerta geral, quando produtos foram sendo gradualmente banidos, de início, na Europa e, logo em seguida, após intensa luta do movimento ambiental e das cooperativas de agricultores, também na América do Norte.

Dedicados times de pesquisadores acompanhavam o assunto, e até uma "organização independente de caráter científico" fora criada, sob o patrocínio da indústria, para "investigar em profundidade a questão e fornecer respostas confiáveis". Pelo discurso oficial, até o presente momento não havia evidências conclusivas que associassem o princípio ativo ao desaparecimento de abelhas ou outros insetos; existiam, sim, indícios de que um determinado parasita pudesse estar causando desequilíbrio no campo e afetando também as colmeias, embora o culpado mais provável fosse mesmo o uso indevido dos produtos – ou seja, o homem do campo.

Nessa e em outras questões cabeludas, o mais complicado, depois da imprensa, era o público interno. Com o advento da Internet e dos *smartphones*, ficara impossível controlar a informação dentro de casa. A maior parte dos colaboradores não confiava cem por cento no que circulava pelos canais oficiais – em certos temas, tendiam a acreditar justamente no oposto do que a empresa dizia.

Cátia e seu jovem gerente sabiam, melhor do que ninguém, que nos escalões superiores poucos executivos estavam de fato preocupados com o assunto: a prioridade, em geral, era cuidar de seus quadrados, garantir os bônus e, se possível, uma bela promoção. Os mais jovens entre eles, em geral, eram questionadores, o que não fazia muita diferença, pois logo se adaptavam ao faz-de-conta ou terminavam dando o fora. Irritantes, mesmo, eram os colegas que, sem entender patavinas, viviam dando pitacos e não hesitavam em creditar à Cigana os inevitáveis ruídos no relacionamento com ambientalistas, sindicatos e outros grupos de oposição.

Assim como Danilo, Cátia estava convencida de que a empresa e a indústria como um todo se comunicavam muito mal, fosse dentro ou fora de casa. Certo, não era um produto fácil – ultrarregulado, potencialmente mortífero para o ambiente e a saúde humana, apesar de essencial para a sociedade. Os dois também achavam que a indústria fracassava no engajamento dos colaboradores, sobretudo por insistir em textos excessivamente técnicos na discussão de temas delicados. Mas não havia como esquivar-se de algumas diretrizes definidas pela sede.

O gerente já tinha chegado a se indispor com alguns de seus pares, por insistir que era burrice tentar esconder o óbvio ao banir do discurso o termo "agrotóxico". Em palestras e vídeos de integração de novos funcionários, segundo as orientações da matriz, só se falava em "defensivos agrícolas", sistemas de proteção de cultivos e outras figuras retóricas; como resultado, não raro as pessoas se mostravam incapazes de defender a empresa, quando necessário.

Mesmo assim, publicações na linha do "Tudo o que você deve saber sobre nosso cuidado com as pessoas e o ambiente" – fossem na forma de perguntas e respostas, de histórias em quadrinhos ou qualquer outro meio julgado mais adequado para o chamado "chão de fábrica" –, continuavam a ser dirigidas a essa maioria silenciosa que, se não ousava manifestar-se para não colocar em risco o emprego, era capaz de falar mal da empresa em família e entre amigos e até se disporia a depor contra os patrões, sobretudo se isso significasse algum tipo de vantagem pessoal.

No discurso oficial da indústria, os produtos eram indispensáveis para o agricultor e a sociedade em geral, pois, ao mesmo tempo em que garantiam crescente produtividade no campo, reduziam a necessidade de áreas para a agricultura e, por consequência, contribuíam para a preservação de remanescentes florestais nativos, entre outros benefícios. Nos primeiros tempos, Cátia não duvidava da preocupação da empresa com a segurança dos produtos. Todos eram testados, durante dez anos, contra riscos humanos, ambientais e animais, e se não fossem aprovados pelos órgãos regulatórios – coisa que, de fato, ela nunca vira acontecer –, ficavam fora do mercado.

Agora, ela achava frágil o argumento de que, sem os agrotóxicos, a humanidade estaria condenada à fome: na verdade, ao que parecia, o problema não era tanto de falta de alimento, e sim de uma distribuição mais equitativa. Estudos confiáveis indicavam que já se produziam 20% a mais de calorias do que o necessário para alimentar o mundo inteiro e, mesmo assim, um em cada sete habitantes do planeta ainda não tinha o que comer.

A fim de ajudar nesse sentido e amenizar as críticas dos grupos de pressão, a própria indústria se amparava em um programa da FAO, a Organização das Nações Unidas para a Alimentação e a Agricultura, para custear, entre outras, iniciativas de facilitação de crédito rural e projetos de melhoria nos canais de distribuição de pequenos e médios produtores.

Uma no cravo, outra na ferradura.

25

Bruna acorda com os pássaros, faz sua higiene de rotina, a começar pelo borrifo de água fria da torneira nos olhos bem abertos e a limpeza da língua com o raspador, sem esquecer da faxina das narinas com água morna e sal. Veste o que estiver mais ao alcance das mãos e, serelepe, vence a pé os 15 minutinhos entre a casa dos pais e o Céu, onde irá fazer suas práticas e tomar o desjejum. Tem exatos 45 minutos para cumprir seu ritual, pois às sete chegarão os alunos para a primeira das seis sessões de hatha-yoga que ela conduz diariamente – três pela manhã e três à tarde, de segunda a sexta – e, a partir das oito, os terapeutas que atendem nas salas do segundo andar e sua clientela.

No ainda deserto *bhavan*, o espaço aberto que domina quase todo o térreo da mansão, acende uma vareta de incenso e desenrola sua esteira sobre o chão, bem diante da estátua de Ganesha. A instrutora adora a divindade hindu de um jeito muito próprio, inconfessável: o paquiderme cabeçudo evoca um personagem de Walt Disney que ela ama de paixão. Por saber que na Índia os devotos tocam os pés da imagem ou segredam em suas imensas orelhas todas as aflições, para que fiquem guardadas dentro de sua barriga, sempre que se vê sozinha no aposento não hesita em beijar a tromba de Ganesha, a fim de atrair bons fluidos e contar com sua proteção.

Então, de pé, com as pernas unidas, os olhos fechados e as palmas das mãos juntas à altura do peito, fica na posição da prece (*prarthanasana*) e se concentra no espaço entre as sobrancelhas, a fim de entrar no clima para os próximos exercícios. Após alguns minutos, abre os olhos e, compenetrada como uma primeira bailarina no momento culminante da apresentação, executa doze vezes seguidas os doze movimentos do *surya namaskar*. Originada do *danda baithaka*, antigo método de educação física dos militares indianos, a "saudação ao sol" trabalha os principais grupos musculares e articulações em sincronia com os estágios da respiração – inalação, expiração e retenção (com os pulmões cheios ou vazios). Perfeita para aquecer o corpo antes da prática dos *asanas* e *pranayamas*, é um dos exercícios prediletos da jovem aspirante a *yogini*.

Apesar da friagem da manhã de outono, o suor escorre pelo seu corpo esbelto e bem-feito quando, ainda ofegante, ela enfim se estende de costas no chão, braços e pernas ligeiramente afastados, as mãos espalmadas viradas para cima. É o último exercício da série-relâmpago com que irá se energizar para o restante do dia: dez minutos de completa imobilidade, em relaxamento profundo e consciente – *shavásana*, a postura do cadáver. Segundo Bruna aprendeu, a postura mais importante, benéfica e difícil de executar com perfeição, entre todas do hatha-yoga.

Na primeira vez em que ela cedeu por completo à gravidade, esparramada no chão "feito um saco de farinha molhado pela chuva", segundo as instruções do guru, a experiência chegou a assustar, de tão forte. E nunca mais se repetiu, por mais que se esforçasse. Em determinado momento, ela sentiu que saía do corpo e flutuava em direção ao teto, incapaz de impedir o movimento.

Depois, Valdevald explicou que ela tinha vivido um descolamento do corpo astral, fenômeno comum, sobretudo entre pessoas extrassensíveis, como ela. Convenceu.

No final da tarde, após a saída do último aluno, a compenetrada instrutora senta-se no chão recostada em uma parede, com as pernas estendidas e ligeiramente afastadas, as mãos espalmadas sobre as coxas e voltadas para cima, prestando atenção aos sons chegados lá de fora para, após alguns instantes, escolher um e nele concentrar a mente. A orquestra de cigarras, grilos e passarinhos por toda a volta, sobretudo ao amanhecer e no final da tarde, soa como um mantra da natureza e a mocinha se entrega fascinada à exuberante sinfonia, como se os bichos – as cigarras, em particular – competissem entre si para agradar seu criador e, junto com ela, celebrar o simples fato de estarem vivos.

Que maestro genial teria imaginado harmonias fabulosas como aquelas? Que arquiteto seria capaz de inventar seres de tamanha delicadeza, dotados de vozes tão diversas e possantes? Com certeza, não um senhor de barbas e vestes brancas. Val sempre falava de uma energia primordial, de um som poderosíssimo que havia dado início a toda a criação – o mesmo que eles invocavam, antes das sessões de meditação, ao entoar o sagrado *pranava* OM. Embora não tivesse a pretensão de alcançar esse nível de abstração, ela ficava toda arrepiada ao ouvir o som, sobretudo quando eram muitas vozes cantando ao mesmo tempo no *bhavan*.

Para Bruna, mais importante do que saber ou entender quem era Deus era sentir que Ele existia, que a protegia e amava. Ali, no Cantinho do Céu, o que mais a cativava, mais ainda que a preferência do mestre, era essa sensação de estar o tempo todo em contato com o melhor de si.

Na sua cabeça, aquele lugar era único, mágico, como o minúsculo e perfumado jardim de ervas aromáticas do castelo de Tarascon, cercado de muralhas, que alguns anos antes, num dia nublado de outono e sob uma chuva bem fininha, ela havia visitado com os pais e a irmã mais velha, durante uma inesquecível viagem de férias pelo sul da França.

26

Esvaziou de um gole os dois dedos restantes na taça do Domaine Trimbach Cuvée Frédéric Emile Riesling 2009 – ao custo de 40 euros em média, a garrafa, um de seus raros caprichos era manter na adega uma provisão deste e de outros brancos alsacianos de primeira linha –, desligou o DVD, acendeu o abajur e espreguiçou-se gostosamente, curtindo o cheirinho de veludo novo do sofá recém-reformado e tentando organizar na cabeça a bagunça deixada pelo documentário que acabara de assistir.

Era tarde da noite e o filme *Kumaré*, fortemente recomendado por uma colega do escritório para o caso que tinha em mãos, só fizera desestabilizar de vez suas já frágeis convicções a respeito do certo e do errado.

Bem no começo da carreira, ainda estagiária no escritório de um famoso criminalista amigo de seu pai, em São Paulo, ela observou que questões de cunho moral tinham de ser avaliadas com elasticidade suficiente para assegurar, ao cliente malfeitor, amplo direito de defesa e penalidade mínima; aos defensores, os empregos, a glória da causa vencida e os bônus de final de ano; e ao dono da banca, o almejado, indispensável resultado financeiro.

Atender a esses três quesitos sem ferir a ética nem transgredir a lei era equilibrar-se no fio da navalha, uma arte sutil que todo advogado experiente acabava por dominar. Agora, como defensora de mulheres decididas a fazer com as próprias mãos uma justiça que ela mesma considerava indispensável, era hora de assumir esse pragmatismo amoral.

Após pesquisar tudo o que encontrara a respeito do assunto (transcrições de julgamentos, jurisprudência, artigos de revistas e jornais e o que mais se puder imaginar), a essa altura Ingrid já estava bastante familiarizada com o que batizara de estelionato espiritual. Durante as leituras, uma coisa a deixara particularmente intrigada, por ferir a lógica mais elementar: a recorrência dos testemunhos das vítimas em favor dos agressores. Apesar de terem sofrido evidentes prejuízos morais e materiais, muitas das vítimas insistiam em afirmar a inocência dos acusados e discorriam com veemência sobre como suas vidas tinham mudado para melhor depois de tê-los conhecido.

Um caso em particular, bem recente, era o de um francês que, ao longo de anos, seduzira, enganara, explorara e praticamente levara à falência uma família inteira de multimilionários. Não fosse a resistência de um dos irmãos, o golpe teria sido concluído com sucesso e o salafrário – que agora cumpria pena de 20 anos em uma penitenciária nos arredores de Paris – ainda estaria impune.

Será que as pessoas não se beneficiavam, de alguma forma, desse tipo de vigarice? Seria possível afirmar, de forma taxativa, que os patifes eram um mal absoluto na vida de suas vítimas? Afinal, como dizia o ditado no Brasil, passarinho que come pedra...

E esse era um dos principais argumentos a favor dos canalhas: bem ou mal, enganadas ou não, as pessoas gostavam dos seus algozes e fariam tudo por eles, mesmo após condenados e caídos em desgraça. Uma espécie bizarra de síndrome de Estocolmo, em que consciências, e não corpos, eram vítimas de sequestro e o resgate, pago não somente com dinheiro ou joias, mas também com sofrimento sem fim.

Como parte de sua imersão, Ingrid tinha conversado com uma colega de universidade que havia acompanhado processos movidos por famílias de vítimas do sectarismo e de falsos gurus. Ficara sabendo que na Europa o assunto era cada vez mais preocupante, tanto que na França existia até uma agência governamental para acompanhamento e combate a desvios sectários e surgiam entidades exclusivamente voltadas à questão, como a União Nacional Francesa das Associações de Proteção de Famílias e Indivíduos Vítimas de Seitas (UNADFI) e a Federação Europeia de Centros de Pesquisa e Informação sobre o Sectarismo (FECRIS).

"É normal as pessoas buscarem numa figura externa a segurança para superar as próprias fraquezas e as dificuldades da vida", dissera a amiga, também advogada. "Na maior parte dos casos que conheci, as vítimas do que você chama de 'conto do guru' são pessoas em busca de uma autoridade moral, em geral masculina, que de alguma forma esteve ausente num período crucial de formação da personalidade. Pode ter sido um pai, um professor, um padre, um pastor, um treinador, não importa. E desde que se sinta reconhecida e acolhida, a pessoa com esse tipo de carência será capaz de negar qualquer evidência para não perder os laços com seu protetor.

"Veja que dificilmente você irá encontrar uma mulher no papel do explorador: quase sempre, os algozes são homens e as principais vítimas, mulheres. O pior é que, quando resolve encarar a questão e ir até o fim, a mulher nem sempre obtém justiça. É um processo por demais desgastante, de muita exposição negativa; os caminhos formais estão longe de garantir punição à altura e quase sempre envolvem mais sofrimento e frustração do que redenção para a vítima. Pode ser que as coisas mudem, mas, até segunda ordem, o mundo é do sexo masculino. Assim como suas clientes, acredito que só um castigo físico no vigarista pode ser capaz de aliviar a alma feminina atormentada pela vivência perversa."

Sem dúvida, Ingrid precisava entender melhor essa questão e, para isso, conhecer outras visões era o passo seguinte.

27

Entre as responsabilidades da gerência de comunicação explicitadas no contrato de desempenho do titular e – pelo peso nos bônus de final de exercício – merecedoras de atenção especial, destacavam-se a preparação de porta-vozes e a coordenação de audiências públicas. Na visão desencantada de Danilo, sofisticados exercícios de dissimulação praticados em nome da informação transparente e do diálogo aberto com a sociedade.

"Na guerra, a primeira vítima é a verdade" uma ova. Se a máxima dava a entender que os serviços de relações públicas das forças armadas sabiam tudo sobre a manipulação das notícias, como afirmava um professor da faculdade, o autor da frase certamente ignorava o que se passava nos bastidores do mundo corporativo.

Nos famosos *media trainings*, todo um circo era armado para afiar a habilidade dos gerentes e diretores que falavam pela companhia. Pelo menos duas vezes ao ano, os participantes passavam um dia inteiro isolados dentro de uma sala de hotel, com a agenda bloqueada, os celulares desligados e as secretárias instruídas a só interromper em casos de urgência urgentíssima, o que proporcionava ao grupo um dia inteiro de trégua na rotina enervante.

Em geral, a própria Cátia abria os trabalhos, enfatizando como era importante, para a imagem da Cronus, atender corretamente à imprensa, sobretudo nas situações de crise. A seguir, entravam em cena jornalistas conhecidos, em geral, âncoras de noticiários de grande audiência, que reforçavam as palavras da anfitriã contando casos curiosos e revelando com humor os bastidores da produção da notícia.

Observar a excitação dos mandachuvas, engalanados para o grande dia em costumes finos, camisas de colarinho alto e gravatas de seda *jacquard*, e o deslumbramento com que privavam da pretensa intimidade com celebridades da mídia quase compensava, na opinião do jovem gerente, os valores revoltantes que elas cobravam por umas poucas horas de trabalho.

Durante o intervalo para o café e petiscos, acontecia o ponto alto do espetáculo, quando os porta-vozes viam os amiguinhos da imprensa se transformarem nos piores carrascos. Sem aviso, entrava em cena uma equipe de tevê, com câmeras e microfones ligados, e os jornalistas caíam como abutres em cima dos executivos, alguns pegos de boca cheia, que eram obrigados a responder de improviso sobre um pretenso acidente com vítimas fatais recém-ocorrido numa das linhas de produção de agroquímicos.

Os desempenhos eram depois comentados um a um pelos jornalistas, que mostravam onde e como o entrevistado havia caído na armadilha e de que forma deveria ter procedido para se safar sem comprometer a companhia. Volta e meia, nos raros momentos de ócio, Danilo se divertia revendo no computador as cenas proibidas que, prudentemente, armazenava em uma pasta fora do alcance dos xeretas. Era um prazer inenarrável ver o todo-poderoso texano tremer na base diante do repórter, o suor brotando no cenho, as pupilas negras dilatadas invadindo o azul profundo das íris, a respiração ofegante, incapaz de controlar os olhos irrequietos e articular uma resposta aceitável para uma pergunta indiscreta.

Na parte da tarde, após um almoço regado a rapapés e troca de gentilezas entre os deslumbrados discípulos e seus gurus midiáticos, acontecia uma nova rodada de entrevistas, agora com os porta-vozes, em princípio, devidamente preparados. Embora a diferença para melhor no desempenho fosse notável, na avaliação de Danilo nenhum deles daria cem por cento conta do recado se o problema fosse à vera. À exceção, é claro, de Cátia e Adhemar, dois grão-mestres das aparências, capazes de saírem das entrevistas mais cabeludas sem fornecerem aos jornalistas uma única fala que prestasse para uma boa manchete.

Mas não era Danilo quem iria dizer isso e ficar mal na fotografia – sinceridade, no seu meio, era sinônimo de sincericídio. O que importava era que todos ficassem felizes e voltassem para casa se achando os reis da mídia. E não menos importante, que ele cumprisse sua meta e garantisse o quinhão correspondente na planilha de desempenho, a qual, metódico como ele era, verificava com atenção todo final de sexta, antes de trancar as gavetas e partir para a sempre ansiada alforria por dois dias.

Outra prioridade da área de comunicação eram as audiências públicas para o licenciamento de novas fábricas ou instalações. Em tese, era nessa etapa do processo que as partes interessadas locais – o poder público, o Terceiro Setor e a comunidade – poderiam discutir o empreendimento abertamente com a companhia, inclusive as medidas que deveriam ser adotadas para mitigar os impactos efetivos e prevenir os potenciais.

Planejadas em detalhe por consultorias especializadas em gestão sustentável e com o êxito previamente assegurado nos meandros do poder, as reuniões viravam uma atração nos lugarejos isolados onde eram promovidas, a convite da Cronus e do órgão licenciador, em geral no salão da prefeitura ou da igreja, com direito a café, biscoitos, sucos e sanduíches.

Um encontro para todos os efeitos aberto, democrático e participativo, não fosse quase sempre um ritual simbólico, cumprido apenas para atender aos requisitos burocráticos. Como é natural, a maior parte dos locais tinha algum interesse pessoal em jogo, a começar pelos políticos – que além do prestígio angariado pela atração do investimento, contavam com a geração de empregos, renda e votos no seu município –, até os comerciantes, seduzidos pela promessa de aumento na demanda de produtos e serviços e da circulação de riqueza consequente. Pobre da meia dúzia de cidadãos que ousava manifestar reticência ou apreensão: era tratada com condescendência, como crianças assustadas, e acabava deixando o recinto tachada de derrotista ou inimiga do progresso.

Toda vez que acontecia de fato um daqueles acidentes encenados nos treinamentos de porta-vozes – vazamento de produtos, contaminação de lençóis freáticos, intoxicações coletivas etc. –, Danilo ficava imaginando o que deveria se passar na cabeça das lideranças comunitárias que, de boa-fé ou por puro interesse próprio, haviam apoiado a causa da companhia. O que iriam dizer aos filhos e netos?

Bem ou mal, a Cronus era referência mundial e falava alto nos principais fóruns da agroindústria. Nos quadros afixados em locais de maior circulação de empregados, na publicidade institucional e nos relatórios de sustentabilidade, ela declarava, como a maioria das indústrias, o compromisso com as melhores práticas de governança e gestão. Embora não hesitassem em alegar, na falta de melhor argumento, que não existe empresa perfeita, todas vendiam sua imagem como se fossem.

Se o discurso funcionava para a plateia cativa – acionistas, empregados, clientes, fornecedores e outros elos da cadeia produtiva, todos com interesse direto em ver a metade cheia do copo –, era rapidamente esquecido quando as coisas fugiam ao controle. Diante, por exemplo, de um vazamento químico de maiores proporções ou de uma revelação comprometedora para o negócio, a prioridade era tranquilizar o investidor e garantir a continuidade das operações, e nunca a segurança e o conforto das comunidades afetadas ou o esclarecimento às partes envolvidas. Revisão de procedimentos e correções de rota, só no papel.

Na guerra entre fatos e versões que é o mundo da comunicação empresarial, a responsabilidade, esta sim, era a primeira vítima: sob pressão da imprensa, dos órgãos reguladores e da opinião pública, cada um dos implicados tratava de jogar a culpa sobre o outro, num barata-voa que poderia até ser hilário, não fosse trágico.

Apesar do sentimento de inadequação crescente, Danilo não tinha a pretensão de se tornar juiz do mundo, como Lindomar volta e meia insinuava. Ele era um jovem ambicioso igual a qualquer outro e, como tal, disposto a relevar quase tudo.

Fugia da rodinha de ideólogos de plantão no pátio da faculdade, sempre prontos a martelar nos ouvidos mais desavisados a velha arenga da luta de classes e da justiça social. Achava ridícula a insistência em atribuir aos "olhos azuis" e ao "Império do Norte" todos os males do mundo, como se a vida fosse uma versão em 4D de *Guerra nas estrelas*. Com raras exceções, considerava esses estudantes medíocres, frustrados e sem objetivo na vida; a não ser por herança ou pura sorte, pessoas que tinham pouca chance de alcançar, por seus próprios méritos, alguma coisa de valor.

Não que fosse insensível ou indiferente aos fatos e à forma indecente como eram manipulados para atender ao *business as usual*: de sua posição privilegiada, no ventre da "besta", simplesmente era impossível ignorar ou se fingir de cego. Mas acreditava na meritocracia e achava que as mazelas do capitalismo tinham jeito, desde que as novas gerações de empreendedores se dispusessem a fazer a coisa certa. Por exemplo, onerando novos investimentos em produtos ou instalações com medidas preventivas, mesmo que à custa de parcela do retorno. E buscando alternativas para tecnologias controversas, cujos eventuais efeitos danosos só poderiam ser constatados quando fosse tarde demais.

Como era o caso das sementes transgênicas e dos agrotóxicos, apregoados como cem por cento seguros sem que houvesse base razoável para tanta certeza nem disposição sincera em descobrir o contrário. Agora, eram utilizados em larga escala por praticamente todo o planeta; se um dia realmente provassem a sua malignidade, o estrago seria irreversível. Tudo pela ganância e em conluio com os atores de sempre: políticos venais, órgãos não tão reguladores, ONGs oportunistas, cientistas mercenários e a imprensa amestrada.

Assim, a consciência de Danilo balançava. Devia "cuidar do seu quadradinho e acenar com um grande foda-se para o resto", como Lindomar não cansava de sugerir, ou assumir de vez que era cúmplice de uma perversa conspiração e simplesmente pular fora, abrindo mão do conforto e da segurança por que tanto batalhara?

28

Considerar a vida de cada indivíduo "parte de uma expressão coletiva, como num grande coral composto por muitas vozes diferentes", tal qual descrevera de forma tão poética o colega astrólogo Ramkrishna, era algo bastante perturbador para o Matemático. Era antípoda ao paradigma em que fora criado e educado, de uma sociedade inteiramente baseada na valorização do indivíduo e do ímpeto criativo e empreendedor de cada um para o progresso e o bem-estar próprios e, por extensão, da coletividade.

E se o Designium, sistema concebido e viabilizado com tanto conhecimento e esforço, fosse destinado a afinar esse coral, a partir do aprimoramento de cada cantor? Não seria o caso de torná-lo disponível para mais pessoas no mundo inteiro? Afinal, de que serviam aqueles 50 milhões de dólares, se ele mal tocava no dinheiro, fazendo apenas retiradas ridículas? Quem sabe já não estaria na hora de patentear o sistema e licenciar sua utilização por meio de franquia?

As ideias fervilhavam na cabeça do americano enquanto acompanhava, com o encantamento da primeira vez, o preparo de sua iguaria predileta, um dos inúmeros prazeres gastronômicos nessa terra distante onde, de forma tão inusitada, tinha vindo parar. Observar a concentração e a desenvoltura do vendedor de *lassi*, para Bob, era uma forma de absorver a cultura desse povo tão diferente e cativante.

Alheio ao movimento da rua, o rapazola de olhos vivazes e pele roxa como azeitona exercia seu *métier* com gestos precisos e econômicos, provavelmente com a mesma técnica e utensílios utilizados por seus ancestrais. De um imenso tacho de cobre assentado sobre um tapetinho no chão, ele tirava com uma espátula de madeira um bom naco da coalhada bem firme de leite de búfala e jogava num pilão grande de madeira, onde acrescentava açúcar, gelo picado e batia a mistura até virar um líquido uniforme. A cereja do bolo, o toque de mestre que o ex-executivo mais apreciava, era a grossa camada de nata destramente retirada da superfície do tacho e colocada na borda superior do copo. Um néctar dos deuses.

Para o Matemático, que tantas vezes já tinha ido ao inferno e voltado por conta de intoxicações e infecções intestinais provocadas pela água e alimentos, o *lassi*, os legumes fritos e cozidos, os *chapatis* – uma espécie de pão árabe, de farinha de trigo integral – e as frutas, cuidadosamente lavadas e comidas sem a casca, eram os únicos alimentos relativamente seguros.

Salvo em raros momentos, a essa altura Bob pouco se lembrava do episódio sinistro que, por ironia do destino, trouxera novo alento a uma vida insossa, destituída de um propósito maior. De fato, era como se ele tivesse reencarnado sem ter morrido. Volta e meia, ainda pensava na filha, imaginando que rumos teria tomado aquela mocinha rebelde de olhos cor de mel e cabelos vermelhos, sempre disposta a contrariar as opiniões do pai, fosse qual fosse o assunto. E em Otto, seu amigo mais leal, que provavelmente já devia ter partido deste mundo.

O que mais ocupava a cabeça do americano, agora, eram questões de outra natureza – bem mais complexas do que balanços financeiros e tendências do mercado –, de que se inteirara ao estudar a filosofia Samkhya e nas quais mergulhara durante as discussões do grupo do Designium. Afinal, se nossas ações estavam até certo ponto determinadas desde o nascimento, em função do carma; e se tudo, absolutamente tudo o que acontecia em nossas vidas concorria, bem ou mal, para a evolução da alma, como poderíamos distinguir entre o certo e o errado, o santo e o pecador?

Uma frase ouvida durante uma dessas rodadas de discussão ficara marcada em sua cabeça: se levada ao extremo a doutrina do carma, de que não existe uma única ação humana desprovida de um nexo de causa e efeito, mesmo o homem que mata a própria mãe estaria cumprindo seu destino e evoluindo espiritualmente. Seria possível isso?

Lembrou-se de uma parábola que, em diferentes versões, circulava desde há muito nos círculos espirituais da Índia – por tradição, terra dos homens santos, mas afamada no Ocidente em tempos recentes sobretudo a partir do encantamento dos Beatles pela meditação transcendental, nos agitados anos 1960. Foi uma onda que engolfou muitos jovens adeptos da cultura alternativa na filosofia oriental e culminou na exportação em massa de gurus de autenticidade duvidosa para os Estados Unidos e países europeus.

Dizia a história que um ladrão, pego com a mão na boca da botija, escapa pelo meio do mato com as vítimas em seus calcanhares. Já de noite, cansado de correr, ele entra num vilarejo e no desespero, sem ter onde se esconder, acocora-se de encontro ao muro de uma casa, cobre o rosto e o tronco com um pano e se faz passar por um *sadhu*, ou homem santo. A artimanha funciona e ele se livra dos perseguidores. Ao amanhecer, é acolhido de boa-fé pelos aldeões que, seguindo a tradição, lhe oferecem água e alimento, cobrindo-o de reverências. Com medo de ser descoberto e na falta de melhor alternativa, resolve dar um tempo por ali e prosseguir com a farsa. Em pouco tempo, está ouvindo os problemas, oferecendo conselhos e distribuindo bênçãos, até que, por força do tempo e da prática, acaba por tornar-se, ele próprio, um iluminado.

A imersão tão rápida e profunda nos meandros da metafísica indiana, como não poderia ser diferente, estava mexendo com a cabeça de Pandit Kapila. Acostumado ao raciocínio cartesiano, em que os fenômenos, suas causas e seus efeitos são percebidos de forma linear, fragmentada e sem relação com o todo, aprendeu a relativizar, e num grau tal que, agora, se flagrava incapaz de um julgamento sequer. Afinal, matutava, quando se faz o mal a uma pessoa, certamente alguma outra se beneficia; igualmente, no sentido inverso, seria praticamente impossível fazer o bem a alguém sem trazer algum tipo de prejuízo a outrem.

A lei do carma, pelo que entendera, ensinava que todo pensamento, palavra ou ação corresponde a uma emissão de energia que, armazenada em planos sutis do universo, continua a gerar resultados, num processo incessante de causas e efeitos que se retroalimentam e, por conta de nossa ignorância metafísica, nos mantêm presas do sofrimento ao longo de sucessivas vidas.

Se assim era, como saber se, no final de tudo, a sucessão de causas e efeitos nos levaria à harmonia ou ao caos? O que seria, afinal, mais natural e desejável para o universo: que a espécie humana se extinguisse, pura e simplesmente, ou que transcendesse para esferas superiores onde tudo é harmonia e paz?

O ponto mais vulnerável do Designium era exatamente o paradoxo da máquina do tempo. Se a pessoa viesse a conhecer seu destino e, com isso, pudesse alterá-lo, quem garante que ela não estaria modificando, para pior, todas as escolhas e consequências reservadas mais adiante para sua vida – anulando, assim, todas as projeções já delineadas pelo sistema? As novas escolhas feitas com base em um futuro "conhecido" terminavam por retroalimentar o jogo, e o mistério continuava assegurado. Para os senhores de nossos destinos, se existissem, não seríamos mais do que peças de um tabuleiro de xadrez em uma partida que poderia durar a eternidade.

Bob aprendera com Pandit Ramkrishna que toda realização humana requer três elementos: disposição, ou energia; capacidade, ou frequência; e oportunidade, ou vibração. Na ausência de qualquer deles, nada acontece. Por exemplo, o sujeito tem ótimas qualificações e deseja muito arranjar um emprego, mas depende de uma oportunidade. Já se ele não estiver capacitado, mesmo com toda a disposição do mundo, não poderá aproveitar a oportunidade quando ela surgir. Da mesma forma, se o indivíduo reúne as qualificações necessárias e as circunstâncias são favoráveis, nada acontece se lhe faltar disposição para aproveitá-las.

Ou seja, parte considerável do que acontece na vida de uma pessoa é determinada por fatores que não dependem apenas dela – as condições da economia e do mercado de trabalho, por exemplo. Será que também isso está escrito no nosso destino? Quanto dele podemos de fato modificar pelo mero exercício da escolha? O livre-arbítrio existe ou é apenas uma fantasia com que tentamos compensar nossa absoluta impotência ante o desconhecido?

Se o filósofo Espinosa estava correto ao afirmar que tudo é como pode ser, que a realidade é perfeita e que uma mesma coisa pode ser boa ou má ao mesmo tempo, ou ainda, indiferente – como a música, que é boa para os tristes; má, para os aflitos; e nem boa nem má, para os surdos –, prosseguiu o Matemático, em seu devaneio, estariam ao menos em parte justificados os tantos mestres espirituais de araque que abundavam, tanto aqui quanto na sua terra, sobretudo na Califórnia. Quem poderia condenar alguém que, bem ou mal, se dedicava ao desenvolvimento dos semelhantes? No mínimo, quando desmascarados, ajudavam as pessoas a despertar para a dura realidade da vida: o mundo é dos espertos, e não dos tolos.

Lembrou, por fim, das palavras do sempre muito sábio colega Ramkrishna, em uma cartinha que enviou ao amigo americano depois de uma longa conversa sobre mestres e discípulos.

"Meu amigo Kapila: todos desejamos nos salvar e, como a maioria de nós vive alienada de si mesma, distraída em seus afazeres, é natural que fique inclinada a confiar a terceiros essa possível salvação. No outro, a gente projeta uma representação de Deus. Mas cada um deveria buscar Deus dentro de si, na sua essência. Toda pessoa traz dentro de si seu próprio mestre, que se manifesta como uma voz interna ou uma consciência superior. Quando nos dispomos a ouvi-lo, ele nos apresenta as perguntas e sugere as respostas, na medida de nossa capacidade em entendê-las e lidar com elas. A natureza não dá saltos; nada ocorre fora do momento certo. É por isso que 'quando o discípulo está pronto, o mestre aparece'. E cada discípulo deve tratar de meditar se pensa mais no 'seu' mestre ou no seu 'mestre' – quer dizer, se deseja acreditar que tem alguém à disposição para atendê-lo quando achar necessário, como o gênio da fábula, ou se teve a sorte de encontrar quem poderá ajudá-lo no seu desenvolvimento espiritual."

29

"São pessoas cheias de carisma e empatia, que sabem usar esses trunfos para explorar os outros. Ninguém procura um guia espiritual ou um terapeuta porque está tudo ótimo, não é mesmo? Em geral, a pessoa traz algum problema, está de alguma forma vulnerável. É por isso que não acho esses sujeitos meros vigaristas. Classifico essa turma na categoria dos predadores, assim como os pedófilos, estupradores e assassinos seriais. São, todos eles, inimigos naturais da sociedade e para esse tipo de gente não há recuperação", abriu a conversa o criminalista, após breve apresentação dos participantes da videoconferência.

Estavam os cinco – Ingrid, anfitriã do encontro; Rodolfo Zubello, criminalista carioca contratado pelo escritório de advocacia; Vera, representando a cliente, Filhas de Shani; Flávio Alencastro, psicanalista paulistano; e Justine Girard, antropóloga e pesquisadora da Universidade de Paris – discutindo sobre os falsos gurus. Partira da jovem advogada a iniciativa de convidar, para a mesa-redonda virtual, estudiosos do assunto em dois continentes, a fim de ficar mais bem preparada para as batalhas judiciais que, provavelmente, estariam a caminho.

"O que esses vigaristas fazem é tornar suas vítimas dependentes, em vez de ajudá-las a encontrar seu norte e assumir os próprios destinos. As pessoas mergulham de corpo e alma, se entregam totalmente e, quando se decepcionam, a maioria nunca mais se recupera. As que percebem a manipulação e pulam fora a tempo acabam afastando-se de vez de coisas que poderiam beneficiá-las muito, como é o caso do yoga, e isso é triste demais", reforçou Vera.

Desde que, por capricho do destino, acabara participando da criação das Filhas de Shani, a brasileira vinha pesquisando a história de diversos pretensos líderes espirituais e se surpreendera ao verificar que alguns deles, de fato, se julgavam seres iluminados, incumbidos por alguma força superior de aliviar o sofrimento alheio. Eram um misto de autoengano com sede de poder; de mediunidade com percepção extrassensorial.

No final das contas, os caras eram apenas malfeitores ou tinham um papel a cumprir no destino de suas vítimas? Seriam, como ousam dizer os mais cínicos, males necessários? Afinal, se para o desespero de sua irmã a sobrinha Bruna havia abandonado os estudos, dormia até a hora do almoço e praticamente não parava mais em casa, depois que começou a frequentar o tal centro de yoga, passou a dormir e acordar cedo, cuidar da alimentação, tinha parado de beber e de fumar e, o mais importante, exibia um entusiasmo e disposição de darem inveja... Mas preferiu guardar para si essas conjeturas.

Ingrid também achava que esse tipo de criminoso tinha de ser neutralizado. Mas o que as clientes estavam propondo era fazer justiça com as próprias mãos, e isso tornava tudo mais complicado. Até aqui, sua única orientação às Filhas de Shani tinha sido para se comunicarem só pela Deep Web, seguindo o conselho de um *hacker* que dava consultoria ao escritório de Zurique. Na verdade, tanto quanto zelar pelos interesses da cliente cuja causa abraçara, a jovem advogada estava preocupada em proteger a própria carreira e o nome da firma – e, para isso, ouvir os especialistas era fundamental.

"Vivemos uma crise em que as crenças se esfarelam quando escolas, elites, políticos, bancos ou o próprio sistema econômico caem no descrédito. Nas sociedades ocidentais, o nível de confiança declinou consideravelmente. E toda época de crise é propícia ao desenvolvimento de seitas e líderes espirituais, porque as pessoas precisam depositar sua fé em algum lugar. Daí, fica fácil confiar o peso de nossas dúvidas aos mestres. As seitas são a consequência, e não a causa. Se ninguém precisasse acreditar piamente em alguma coisa, não haveria lugar para os gurus. Da mesma forma, não existem decepções amorosas, mas apenas a necessidade de amar. Sempre haverá gurus, tão inevitáveis quanto as histórias de amor frustradas. São um fenômeno inerente a nossas sociedades, nós os criamos. Devemos evitar a lógica de que haveria apenas manipuladores perversos e pobres vítimas manipuladas. A coisa é bem mais complexa", pontificou a antropóloga.

"É quase um clichê essa crença de que as vítimas são adultos psicologicamente perturbados ou intelectualmente limitados. Existem muitos médicos, pesquisadores e estudiosos que, fragilizados, tornam-se vítimas de gurus. Conheci uma adepta que tinha passado quinze anos numa seita. Ela teve câncer de mama e seu mestre a convencera de que só ele poderia curá-la. Mesmo sendo professora universitária da área médica, ela levava tão a sério essa maluquice que nunca lhe ocorreu procurar tratamento no próprio local onde trabalhava. Estava convencida de que a submissão ao guru era a única forma de não morrer, imaginem!", anuiu o dr. Zubello.

"Há quem considere que a onda mais recente das seitas esotéricas e dos gurus no Ocidente tenha surgido a partir da década de 1960, em comunidades inspiradas no movimento da Era de Aquarius, como tentativa de reanimar o mundo diante da crise das ideologias e dos males do consumismo. Mas a figura do guru é ancestral, está presente na Roma Antiga, na Idade Média, em todas as civilizações. Há um ponto em comum nos laços que unem o mestre de araque e seus adeptos, o pseudoterapeuta e seus pacientes, o trapaceiro e suas vítimas: é o abuso de poder no processo de transferência, aquela influência particular que uma psique humana exerce sobre outra. O psicanalista francês Francis Pasche definiu esse tipo de abuso como 'o reavivamento de desejos, afetos e sentimentos experimentados em relação aos pais, na primeira infância, e direcionados a uma outra pessoa'. Ele faz, portanto, emergir os primeiros momentos da vida, quando toda a sobrevivência depende do amor dos pais. É marcado pelo selo do inconsciente, do infantil, do irracional. A relação de autoridade exercida por um guru sobre o conjunto de seus adeptos deve ser examinada sob esse ângulo. Ele é o salvador, o homem providencial", explicou o dr. Flávio Alencastro.

"Mas como é, exatamente, que se dá esse controle de uma mente sobre a outra? Seria uma espécie de hipnose? Me espanta essa confiança toda que as pessoas são capazes de depositar em alguém, só porque esse alguém se diz especial", provocou Ingrid.

"É como deitar no divã de um psicanalista, mesmo que de forma inconsciente e com outro objetivo. Na psicanálise, a finalidade é a busca da autonomia e da liberdade do sujeito; no abuso de poder na transferência, o objetivo é estabelecer uma submissão. Para perceber as fraquezas, a vulnerabilidade e singularidade de um adepto, é necessário conhecer sua história familiar (conflitos latentes, rivalidades, valores) e isso o falso guia espiritual consegue extrair sem dificuldade. É uma forma de escravidão, de exploração psíquica do homem pelo homem tão forte que, às vezes, mesmo após os gurus serem condenados, eles continuam a conquistar fiéis. Lembro de um clínico geral que liderava um desses movimentos e não utilizava medicamentos tradicionais para curar. Entre os seguidores, uma grande atriz brasileira morreu por causa de um câncer negligenciado. Durante o julgamento, os amigos íntimos dessa mulher, membros da seita, foram defender o guru. Apesar de ele ter sido expulso do conselho de medicina local, todos continuavam a frequentar seu consultório e, ainda pior, a recrutar novos adeptos nas salas de espera. Surreal...", complementou o psicanalista.

"A gente fala muito de gurus homens. E mulheres, não tem?", Vera perguntou.

"Claro que tem, embora sejam mais raras. Recentemente foi julgada na França uma 'papisa' chamada Françoise Dercle, que certo dia resolveu encarnar o próprio Espírito Santo. Entre outros absurdos, ela obrigava jovens adolescentes a transar com suas mães; e menores de idade a ter relações sexuais com vovós de 70 anos, acreditam? Ela foi julgada e condenada em 2013", informou a antropóloga.

"Na verdade, os movimentos sectários vêm de longa data; o perfil das organizações é que mudou muito. Agora, são pequenos grupos, de dez ou quinze pessoas, com um guru que pode ser um *coach*, um vendedor de felicidade ou um terapeuta, quase sempre em torno de questões de saúde, bem-estar e sucesso na vida amorosa ou profissional. O que está mais na moda, atualmente, são as dietas restritivas: o jejum total, por exemplo, apresentado como fator de prevenção de doenças e como terapia eficaz. A hora é do 'respiracionismo' – uma onda que veio da Austrália e prescreve um jejum sagrado de 21 dias, ao longo dos quais a pessoa deve se alimentar exclusivamente de ar e de luz...", acrescentou o dr. Alencastro.

"Nunca estaremos livres dos que exploram sem piedade a fragilidade alheia, e os tempos são propícios para eles", arrematou a dra. Justine. "Resta confiarmos na força das redes sociais para a denúncia e punição desses crimes."

30

Foi durante as primeiras reuniões de desenvolvimento do Designium, ao discutirem a teoria do carma e os laços sutis interligando o destino de todos os seres vivos, que ocorreu ao Matemático recorrerem à metodologia do pensamento sistêmico, tal como ele e sua equipe faziam, nos tempos de Wall Street, ao planejarem operações mais complexas. Se era possível antever, com altíssimo grau de acerto, as tendências do mercado e dos preços das ações das companhias, por que não aplicar os mesmos princípios para conhecer, de antemão, o destino das pessoas?

Embora não fosse novidade para os colegas indianos a ideia de que, no universo, todas as coisas estão conectadas e são interdependentes – pressupostos da filosofia Samkhya e de quase toda a metafísica oriental –, Bob reforçou o valor dessa forma de perceber a realidade, contando o ocorrido em Bornéu, nos meados do século passado. Foi quando, no intervalo de apenas dez anos e em eventos aparentemente desconexos, os habitantes da ilha no Pacífico foram assolados por um surto epidêmico, mortandade de peixes, proliferação descontrolada de ratos e sucessivos desabamentos dos telhados típicos da arquitetura local, todos esses eventos resultando em grande número de mortes.

Analisado em retrospecto e sob o olhar sistêmico, o problema começou em 1955, quando a Organização Mundial da Saúde promoveu uma megadedetização da ilha, a fim de combater os altíssimos índices (90%!) de malária verificados entre os nativos. O DDT aniquilou os mosquitos, mas afetou também outros insetos que nada tinham a ver com a história, como vespas, besouros e baratas. Esses insetos eram o alimento predileto dos geckos – um tipo de lagarto doméstico, típico da ilha – que, igualmente afetados pela ação neurotóxica, ficaram mais lentos e tornaram-se presa fácil para os gatos, cuja população acabou sendo drasticamente reduzida pelo envenenamento serial.

Livres de seus inimigos, os ratos começaram a migrar da selva para as áreas urbanas e a se multiplicar loucamente, e o resultado foi um surto de peste bubônica tão sério que, na época, a própria OMS, com a ajuda de helicópteros da força aérea inglesa, providenciou o lançamento, de paraquedas, de um bom número de felinos para repovoar o território. Já as vespas eram os principais predadores de um tipo de lagarta (larva de uma mariposa) que só se alimenta de ripas e palha de coqueiro; exterminadas, as larvas fizeram a festa e, em pouco tempo, os telhados começaram a ruir, um após o outro.

Não bastasse essa sucessão de desgraças, a contaminação dos solos pela aplicação indiscriminada do pesticida acabou por poluir os rios, provocando a matança dos peixes, importante fonte de proteína dos nativos. O equilíbrio ambiental em Bornéu só foi restabelecido com o tempo, após a introdução de um réptil parecido com o gecko, trazido de uma ilha vizinha, entre outras providências.

Não seria uma sucessão ininterrupta de causas e efeitos entrelaçados, ao longo de seguidos ciclos de vida, que determinaria, em boa medida, nossos destinos individuais e coletivos? Uma intrincada cadeia de elos impossível de reconstituir e, por conseguinte, de compreender e influenciar? Energias de origens insondáveis à solta no cosmo, em permanente busca de simetria e equilíbrio?

Pandit Kapila percebia, cada vez com maior clareza, a fragilidade dos julgamentos e das convicções humanas. Se há males que vêm para o bem, o inverso era necessariamente verdadeiro. E o certo e o errado, filosofava, tão indissociáveis e complementares quanto as faces da mesma moeda. O que tornava leviano, quando não virtualmente impossível, qualquer juízo moral que deixasse de considerar a totalidade de pontos de vista e a perspectiva do tempo e do espaço.

De uma forma ou de outra, elucubrações morais e filosóficas à parte, o Designium estava pronto. Agora, era hora de colocar o sistema em operação, pois só com a prática e os *feedbacks* dos usuários seria possível aprimorá-lo.

31

Fazia quase três meses que Samantha Fawler Sherman e outros dois compatriotas percorriam o interior do Brasil. A ruiva alta e esguia de cabelos à *la garçonne*, rosto sardento e jeito de quem não está para brincadeira já contava os dias para concluir o roteiro desenhado pela coordenação regional da ONG de origem alemã que os recrutara em Nova York e que ela tinha adotado quase como uma família desde que abandonara a sua própria, poucos anos antes.

Estavam completando sua "imersão na trágica realidade socioambiental do maior país do continente sul-americano, campeão mundial no consumo de venenos agrícolas e maior ameaça à sobrevivência das abelhas, criaturas essenciais para a polinização das plantas e a perpetuação da vida no planeta", conforme o programa era descrito pela organização.

A trinca já tinha visitado o interior de São Paulo, apresentado como "hospedeiro da maior parte dos monocultivos de cana-de-açúcar destinados à indústria sucroalcooleira"; convivido com "comunidades indígenas e quilombolas remanescentes no norte do Espírito Santo e no sul da Bahia, cercadas de maciços de eucalipto para a produção de celulose e papel"; e agora estavam prestes a concluir sua passagem pelo Cerrado, no Centro-Oeste, "região inteiramente dominada pelas monoculturas da soja e do milho transgênico".

Encontravam-se no auditório improvisado do centro comunitário do assentamento rural João Fulgêncio, distante cerca de 200 quilômetros de Mirassol D'Oeste, localidade de pouco mais de 20 mil habitantes, no Mato Grosso. Dentro do aposento acanhado, o enxame de moscas e o calor de quase 40 graus já incomodavam a tal ponto que os visitantes mal conseguiam acompanhar a apresentação, apesar dos dados impactantes revelados por Dulcilene dos Anjos, uma das coordenadoras nacionais da campanha contra os defensivos químicos e a favor da agroecologia, que envolvia um sem-número de entidades e organizações não governamentais do país e do exterior.

Engenheira agrônoma com mestrado em saúde pública pelo King's College, de Londres, a bela trintona negra com olhos de jabuticaba e cabelos cacheados era "tetraneta de escravos alforriados, aqui mesmo da região", tal como se apresentava, ostentando orgulho da ascendência africana. Disparava uma sucessão de dados e denúncias qual uma metralhadora giratória, em um inglês para gringo nenhum botar defeito.

"Segundo a própria Anvisa, órgão do nosso Ministério da Saúde, no Brasil, mais de 60% dos alimentos estão contaminados por veneno. Só entre 2007 e 2014, o número de notificações de intoxicação por agrotóxicos ultrapassou a casa dos 34 mil e não para de crescer. Afinal, estamos consumindo mais de 1 milhão de toneladas de veneno a cada ano! Desde 2008, desbancamos o Tio Sam e nos tornamos os maiores consumidores de agrotóxicos do planeta – foram absurdos 300% de crescimento nesse mercado, entre 2000 e 2012. Quem está soltando foguete são as gigantes do setor, que em 2014 faturaram nada menos que 12 bilhões de dólares com a venda de inseticidas, herbicidas, acaricidas e fungicidas, entre outros, no país.

"As grandes corporações atuam, todas, dentro de uma mesma lógica, que está na raiz do capitalismo financeiro: a prioridade dos caras é assegurar retorno aos investidores e valorização das ações nas bolsas. A explosão do agronegócio no Brasil, desde o início do século, não foi obra do acaso, e sim o resultado de uma articulação das multinacionais para que países da América do Sul com imensas áreas agricultáveis, ricos em recursos naturais e com fraca governança pública se tornassem os principais mercados de consumo. Quanto maior a demanda, maiores a produção e os ganhos de escala.

"Somos como a África, para onde muitas múltis estão migrando a fim de repetir o mesmo modelo de agricultura, principalmente na região das savanas, onde os solos são muito parecidos com os do Cerrado. O Japão tem investido bastante por lá, num programa chamado Pró-Savana, em parceria com o Brasil e Moçambique, para desenvolver o plantio de soja. O Japão entra com a tecnologia; o Brasil, com o *know-how* agrícola; e o governo africano, com as terras e os incentivos fiscais. Vários empresários brasileiros estão comprando terras por lá a preço de banana. E a gente já sabe que vai se repetir o que aconteceu no Cerrado, o que acontece na Amazônia: desmatamento indiscriminado, ecossistemas nativos substituídos por monoculturas irrigadas com veneno; comunidades tradicionais expulsas da terra onde seus antepassados plantaram, caçaram e pescaram durante séculos. Tudo totalmente insustentável, ao contrário do que essas empresas tanto se gabam de fazer..."

32

Há cinco anos Cátia vivia o que considerava ser a segunda fase (para seus detratores, o triste ocaso) de sua gloriosa carreira. Afastada do cargo e aposentada em condições excepcionais pela Cronus, como parte do "abafa" do escândalo, sumiu na tela dos radares de caça-talentos. Mereceu, no entanto, um "enterro de luxo" – no dizer do mundo corporativo – e foi convidada a assumir a diretoria de relações institucionais da sucursal latino-americana da Agro&Vida, entidade patronal do setor.

Oferta prontamente aceita para uma função que de funérea nada tinha: constantes viagens internacionais, quase sempre por lugares exóticos que de outro modo ela dificilmente teria conhecido, voando em classe executiva e hospedada em hotéis de primeira linha; e quase nenhuma cobrança por resultados, a não ser dos chatos de galocha que eram os CEOs das empresas afiliadas, sempre descontentes com a forma injusta como o setor era percebido pela opinião pública e indignados quando uma matéria negativa pipocava no *clipping* diário – o que ocorria com frequência crescente.

Agora, quando o pior havia passado, ela começava a achar que a encrenca com os neonicotinoides e os atos criminosos daqueles idiotas tinham sido apenas a gota d'água. Na verdade, o excesso de estresse já envenenava sua vida desde que assumira a imensa responsabilidade de uma posição com a qual tanto sonhara sem ter a exata noção do preço a pagar.

Ao peso do cargo somava-se a rotina insana, sustentável apenas nas aparências e com prazo de validade limitado, turbinada pelos rapazolas geniais do Vale do Silício tendo em mente os infelizes protagonistas do teatro executivo. O vínculo quase ininterrupto com o trabalho, graças a recursos tecnológicos nos quais a companhia investia sem a menor dúvida do retorno, de todos os males talvez fosse o mais pernicioso. Era *e-mail* atrás de *e-mail*, ligação atrás de ligação, mensagem de texto atrás de mensagem de texto – enfim, uma sucessão ininterrupta de demandas, cobranças e encrencas enquanto estivesse em vigília e onde quer que se encontrasse: no próprio escritório, em casa, a caminho do trabalho, na sala de embarque, dentro do avião...

Outra fonte de desgaste era o sem-fim de reuniões, considerável parte das quais desnecessária e improdutiva, em que a maioria dos participantes exercitava prodigioso malabarismo ocular, fingindo acompanhar as discussões e projeções na tela acima do nível da mesa, ao mesmo tempo em que liam, encaminhavam e respondiam mensagens nos celulares maldisfarçados sobre o colo. A depender da importância do encontro, definido pela média do nível hierárquico dos presentes, os mais graúdos muitas vezes renunciavam às aparências e passavam o tempo todo de olho na tela dos *laptops* abertos sobre a mesa, nem aí para o que se passava ao redor.

No tópico alimentação, a rotina era tão inconsequente que merecia um tratado às avessas, do tipo "coisas que você nunca deve fazer". No caso da Cigana, uma xícara de café *espresso* com umas poucas gotas de leite desnatado, antes de sair de casa; seguida de inúmeras outras até a hora do almoço, quando havia. Em geral, a agenda sobrecarregada, dentro e fora da empresa, permitia no máximo um sanduíche e um suco ou refrigerante, comidos sobre a própria mesa de trabalho. Às vezes, o compromisso requeria um almoço, de fato; no caso, em algum restaurante exclusivo, frequentado apenas pelos bambambãs, e mesmo então ela mal sujava o prato, entretida com o assunto em pauta – trabalho, sempre o trabalho –, além, é claro, das mensagens no *smartphone*.

Nos últimos anos dessa roda-viva, de um dia para o outro Cátia perdeu contato com Zaíra, como se sua misteriosa protetora, após tantas reviravoltas e fortes emoções, tivesse dado por cumprida sua missão com a neta da galega Consuelo e se retirado para o merecido repouso em alguma estação de águas do plano astral. E como faziam falta os conselhos da amiga infalível! Até que, certa manhã, sozinha e muda diante do espelho, ao esquadrinhar o rosto em busca da beleza e energia que pareciam rarear a cada dia, ela se perguntou por que, afinal, insistia em se submeter àquilo tudo. Naquela altura, vários conhecidos, alguns até bem mais jovens que ela, já tinham chutado o balde e partido para sabáticos em paraísos inspiradores; ou se mudado para algum lugar dos sonhos, dispostos a aproveitar ao máximo, cada um do seu jeito, os louros conquistados e o tempo restante de vida.

Em suma, estava mais que expirada sua justificativa íntima quando, nos momentos de incerteza ou de culpa, sentia a tentação de largar os chifres do touro e jogar tudo para o alto: "Se não for eu, vai ter muita gente feliz em tomar o meu lugar e fazer o que tiver de ser feito. Não lutei tanto para entregar fácil assim o que conquistei".

Cátia afinal reconhecia que, no altar do sucesso e da fortuna, havia sacrificado três tesouros inegociáveis: saúde, amor e paz de espírito. Agora, era torcer para que essa constatação não tivesse vindo tarde demais.

33

"Neste caso que estamos assumindo, é fundamental ficar bem claro que somos advogados e não, cúmplices – e a linha que separa as duas condições é muito tênue", alertou dr. Zubello, na conversa reservada com Ingrid e Vera, logo em seguida à videoconferência.

"Mal comparando", prosseguiu o criminalista, "as Filhas de Shani estão numa situação parecida com a do criminoso habitual que contrata um advogado em caráter permanente, como se fosse uma apólice de seguro: 'Doutor, eu já matei várias vezes e vou continuar matando; só quero que você esteja a postos quando eu precisar.' Até aí, tudo bem, isso até é viável. Mas se o sujeito me pergunta a melhor forma de cometer o crime, se deve proceder assim ou assado, aí eu não posso nem vou responder, pois já estaria me comprometendo diante da lei. De todo modo, o cliente precisa nos dizer toda a verdade ou poderemos adotar uma estratégia que, no final, irá prejudicá-lo.

"O advogado é como o médico: se não conhecer toda a história do paciente, corre o risco de prescrever uma medicação que pode ser inócua ou até fatal. Vocês têm de considerar que dificilmente um falso guru vai se arrepender do que faz e tentar consertar as coisas. Em outros tipos de crime, muitas vezes temos a figura da 'desistência voluntária': o cara atira no sujeito e, ao vê-lo caído no chão, não prossegue na execução. Também existe o que chamamos de 'arrependimento eficaz': o sujeito envenena uma pessoa, volta atrás no seu intento maligno e corre para administrar o antídoto. Pelo que podemos ver, nenhuma das duas situações se aplica aos falsos gurus."

"Com certeza, dr. Zubello", disse Vera, e aproveitou a deixa para ler em voz alta a definição de desvio sectário apresentada no portal da Missão Interministerial de Acompanhamento e Combate aos Desvios Sectários (Miviludes), a agência do governo francês dedicada à questão.

> *Trata-se de uma perversão da liberdade de pensamento, opinião ou religião que representa risco para a ordem pública, as leis ou regulamentos, os direitos fundamentais, a segurança ou a integridade das pessoas. Caracteriza-se pela aplicação, por um grupo organizado ou por um único indivíduo, de qualquer natureza ou atividade, de força ou técnicas que tenham por objetivo criar, man-*

ter ou explorar, em uma pessoa, um estado de submissão psicológica ou física, privando-a parcialmente de seu livre-arbítrio, com consequências prejudiciais para essa pessoa, para pessoas de seu relacionamento ou até mesmo para a sociedade.

"O homicida comum quase sempre se enquadra em outra categoria", prosseguiu o jurista. "O cara que pratica o estupro mostra uma insensibilidade tal que equivale a uma jararaca, a um inimigo natural dos humanos. Ele pode atacar sua mãe, sua mulher, sua filha, sem nem conhecer você. Já o matador não mata à toa, ele precisa de um motivo – mesmo que esse motivo seja provar que é possível matar sem motivo, como faz Lafcadio, o personagem do livro de André Gide. Uso muito esse exemplo para mostrar que não existe homicídio sem motivo. O motivo é o embrião do crime, o que faz o crime nascer, o crime em estágio gestacional. Você tem de focar nesse aspecto, em qualquer defesa criminal. Nós, advogados, pelo contato corriqueiro com tanta atrocidade, acabamos ficando um tanto insensíveis, embora muitos se julguem capazes de discriminar quem é inimigo natural ou não. O criminoso normalmente pensa: se ninguém nunca me ajudou, por que irei ajudar alguém? Se nessa vida é cada um por si; se outros estão aí roubando e estuprando, por que eu não posso fazer o mesmo? Por que não eu? Nesse sentido, ele considera o homem de bem um otário, um fraco, um ser desprezível."

E sinalizou o fim da videoconferência com uma dica preciosa para a cliente, mostrando que também ele havia feito o dever de casa.

"Por falar nessa Miviludes, por acaso vocês já viram quantas entidades existem dedicadas ao sectarismo e aos falsos gurus na Europa e América do Norte? Com certeza, se as Filhas de Shani pesquisarem direitinho, vão encontrar nos arquivos dessas ONGs uma bela relação de predadores condenados ou sob investigação, que continuam na ativa e não deveriam estar andando livres, leves e soltos por aí, não é mesmo?"

34

Samantha acompanhava aquela doutrinação com a atenção dividida, lembrando das conversas entreouvidas em casa, nos raros momentos de convívio familiar, ou nos churrascos em Millbrook e vizinhanças, na casa de amigos e conhecidos dos Sherman, quase todos mais interessados no comportamento do índice Dow Jones na véspera ou em alguma oferta pública de ações imperdível, do que em qualquer outro assunto, mesmo que dissesse respeito à saúde de pessoas da família ou à segurança da comunidade.

Conversas que deixavam constrangida, não raro enojada, a jovem formada com louvor em ciências políticas pelo Vassar College, pós-graduada em jornalismo econômico pela Universidade Columbia e recém-contratada, na mesma época, como analista de cenários na Bloomberg News. Não chegou a completar um ano na função: lá, tudo girava em torno de perdas ou ganhos, como se o mundo fosse feito não de gente de carne e osso, mas de gráficos e cotações. Conflitos armados em qualquer parte do planeta, por exemplo, não tardavam a redundar em alta nos papéis de megaempreiteiras, fabricantes de armamentos, veículos de combate e produtos químicos, entre outros setores. Desastres naturais, pragas ou doenças que afetassem grandes áreas de cultivo, em qualquer canto do planeta, refletiam-se direto no preço das *commodities* agrícolas e nos papéis das poucas e poderosas *traders* do segmento. Um horror!

Foi também nessa época que ela conheceu Lindomar, um brasileiro de seus 30 e poucos anos que frequentava os bailes e concertos gratuitos na Columbia e parecia mais à vontade no campus do Upper West Side do que os próprios alunos da universidade. Samantha chegou a se sentir atraída pelo baiano de olhos gateados e cabelo *black power*, que falava quase sem sotaque, jogava capoeira com agilidade simiesca, cantava e dedilhava ao violão lindas canções da sua terra e era superantenado nos assuntos do momento. Um cara desejável em todos os sentidos, não fosse a indisfarçada predileção por rapazes. Era um dos mais apaixonados integrantes de uma panelinha de "universitários profissionais" simpatizantes da causa ambiental e da ecotagem; inimigos declarados do sistema que, no decorrer de poucas semanas, ela passou a considerar os pares perfeitos para seu desencanto.

Não demorou muito e a mocinha, imbuída até os ossos da recém-revelada missão de sua vida, jogou para o alto todos os compromissos e se mudou de mala e cuia com o grupo para uma antiga propriedade rural em Redhook, às margens do Hudson; por incrível que pareça, a apenas meia hora de carro de sua cidade natal.

Seu anfitrião e protetor era um megafamoso *rapper* britânico já beirando os 40, que, não contente com a grana preta que faturava a cada novo *hit*, DVD ou *show*, ou com o fato de ostentar um dos maiores *fandoms* do universo *pop*, resolvera apoiar todas as causas nobres que batessem à sua porta – desde a proteção das baleias e ursos polares ou oceanos, até o banimento total dos agrotóxicos; da defesa do povo palestino, à proibição do comércio do *shahtoosh* na Caxemira. Enfim, mais uma celebridade cuspindo no prato em que comia, convencida de que os incontáveis milhões amealhados com sua arte só seriam legítimos se postos a serviço da luta contra os verdadeiros males da humanidade: o capitalismo financeiro e a sociedade de consumo.

"Mas você acredita que sem os agrotóxicos seria possível atender à demanda por alimento no mundo, com todo esse aumento populacional?", resolveu perguntar, mais para demonstrar interesse, já que a resposta era previsível. No fundo, apesar de engajada na derrota do *establishment*, Samantha tinha pouca paciência para arengas que lembravam os tempos da universidade, quando a maioria dos professores não disfarçava a simpatia pelo marxismo, apesar das contradições e do insucesso, na prática, da ideologia que ela própria considerava ultrapassada. A moça não nutria grandes esperanças na humanidade, que considerava um projeto fracassado e em franca deterioração. Curiosa por natureza e cética por formação, na sua breve passagem pelo mundo dos negócios tinha acompanhado o crescimento dos chamados fundos de investimento éticos e a forma de operar do Terceiro Setor, colocando setores inteiros na berlinda e, em alguns casos, provocando a perda de valor das ações de companhias ícones. Sabia muito bem que, naquele meio cheio de pretensas virtudes, agendas conservacionistas ou em defesa de minorias étnicas não raro andavam de mãos dadas com interesses geopolíticos poderosos e inconfessáveis. Não por outro motivo, se habituara a dar os devidos descontos às histórias propagadas pela organização a quem decidira servir de corpo e alma.

Um caso típico era a indústria brasileira de celulose e papel baseada em árvores plantadas, sobretudo eucaliptos, que há tempos suplantara a concorrência internacional e exercia com folga a liderança do mercado. A maior empresa do setor tinha sido, durante um bom tempo, acusada de todo o tipo de transgressões sociais e ambientais. A principal, de transformar imensas extensões de terra em desertos verdes e degradar os solos, a vida vegetal e animal, além dos recursos hídricos. Inverdades que o tempo havia tratado de corrigir: em função do manejo florestal e passadas mais de quatro décadas, áreas desmatadas por ciclos sucessivos de cultivo ou exploração madeireira haviam se regenerado; e a ênfase no controle biológico de pragas e doenças transformara a indústria em uma das mais racionais no uso de agrotóxicos. Não bastasse isso, graças ao crescimento acelerado de sua principal matéria-prima – beneficiado pela biotecnologia e pelo clima tropical –, o setor se gabava de, sozinho, responder pelo sequestro de todo o CO_2 gerado pelo agronegócio do país, aí incluídos a pecuária, os biocombustíveis e os cultivos alimentares. Nada disso, é claro, as ONGs incorporavam às suas narrativas.

A aceleração das demarcações de terras indígenas e quilombolas em várias regiões do Brasil, incentivadas por uma constituição de viés socialista promulgada em 1988, após longo período em que o país viveu sob ditadura militar, era outro exemplo. Por seguirem critérios mais político-ideológicos do que técnicos, aconteciam bizarrices, como era o caso de caucasianos de olhos azuis reivindicarem a posse de áreas alegadamente pertencentes a antepassados africanos; ou de mestiços de pele morena se apresentarem como descendentes de etnias indígenas dadas como extintas ainda nos tempos do Império.

Mas aquilo tudo, no fundo, pouco importava. O que realmente a atraíra para a causa e a arrastara até aquele país cheio de contrastes eram as abelhas e o seu papel fundamental para o único futuro em que ela ainda acreditava: um planeta novamente em harmonia, livre de seus maiores predadores: os humanos.

"Na verdade, essa narrativa de que sem os agrotóxicos o mundo morreria de fome é totalmente furada. Alimento existe de sobra; o problema é a falta de acesso, de poder aquisitivo, de desigualdade social", respondeu Dulcilene. "Já existem tecnologias que permitem produzir sem agrotóxicos, mas não há interesse em incentivá-las, porque isso afetaria um mercado muito grande e lucrativo. Turbinada pelas sementes transgênicas e pelos venenos químicos, a safra de soja brasileira, em um ano bom, alcança 100 milhões de toneladas, das quais 70% vão pro mercado externo. Num cenário de competição acirrada entre as economias, como o atual, nenhum país vai abrir mão de tantas divisas de exportação, de tanta riqueza, de tantos empregos ao longo da cadeia produtiva.

"Ao mesmo tempo, há sinais de luz no fim do túnel. Na Europa e nos Estados Unidos, onde a população é mais bem-informada e tem maior capacidade de pressão sobre o governo, já foi banida quase a metade dos 50 produtos mais usados no Brasil, entre eles a atrazina, um herbicida muito utilizado nas plantações de milho e cana. Tudo uma questão de vontade política, como tem de ser. E em vários países europeus, está crescendo a adoção do controle biológico de pragas e doenças. Mesmo por aqui já existem exemplos muito bem-sucedidos de produção sem agrotóxico: vocês sabiam que nosso país é, hoje, o maior exportador mundial de açúcar orgânico, apesar de ainda usar o modelo de monocultura em grande escala?

"Em diversas regiões do Brasil, as pequenas comunidades rurais tentam seguir práticas sustentáveis e fazer um uso diversificado da terra, mas no entorno, os grandes proprietários aplicam muito veneno e isso causa um forte desequilíbrio, pois todos os insetos expulsos da monocultura vêm para os roçados. E aí, como é que o pequeno agricultor vai conseguir avançar com o controle biológico? A gente até brinca, dizendo que o problema dele não é com a praga, é com insetos famintos tentando sobreviver. Converso muito com os apicultores e eles explicam que, depois da pulverização das plantações, as abelhas ou morrem ou abandonam a colmeia para nunca mais voltar. Nos Estados Unidos, esse problema é tão sério que as abelhas são consideradas ameaçadas de extinção! Em alguns estados, estão sendo empregadas abelhas mecânicas, pequenos robôs que substituem as abelhas de verdade no trabalho de polinização. Por lá, o índice de desaparecimento do inseto é tão alto, que eles temem que em breve algumas frutas como as maçãs deixem de ser polinizadas naturalmente.

"Mas as indústrias alegam que seus produtos são seguros; que os problemas acontecem pelo uso indevido; que os fazendeiros não seguem as recomendações de segurança", a americana voltou a provocar, ignorando o olhar reprovador de seus colegas. "E que as leis brasileiras nesse campo estão entre as mais avançadas..."

"De fato, no papel, nossa legislação sobre agrotóxicos é uma das melhores do mundo, só que não é cumprida; se fosse, não entraria tanto produto que já foi banido em outros países. Esse discurso de que o problema é o mau uso dos 'defensivos agrícolas', na verdade, transfere a responsabilidade do fabricante para o usuário. Todos os cientistas sérios que conheço afirmam não existir uso seguro para qualquer agrotóxico, nem para os trabalhadores, nem para o ambiente; que é impossível controlar uma deriva; que você não pode determinar a força e a direção do vento, nem dizer para uma abelha onde ela deve ir buscar alimento.

"Desde 2003, quando a primeira variedade de soja transgênica entrou no Brasil, as áreas com esse cultivo não pararam de se expandir; junto com os transgênicos, as multinacionais trouxeram um pacote de insumos químicos com a promessa de que a nova tecnologia iria reduzir a necessidade de agrotóxicos. Mas aconteceu justo o inverso: como a soja transgênica tornou-se resistente ao glifosato, o que se viu foi um aumento muito grande no uso de veneno e, como consequência direta, nas taxas de mortalidade por câncer nas regiões de cultivo. Não faltam estudos e evidências para demonstrar a correlação entre os dois fatores e mesmo assim, por incrível que pareça, a maioria das pessoas não está nem aí.

"Parece que só agora, depois que passamos a focalizar ostensivamente o sumiço das abelhas, é que mais gente começou a se engajar na discussão sobre os riscos dos agrotóxicos. Na verdade, foi uma estratégia de comunicação felicíssima, pois quase todo mundo gosta de mel e tem simpatia pelos bichinhos. É um vínculo emocional muito forte..."

A essa altura, Dulcilene se deu conta de que pregava para convertidos e decidiu encerrar por ali. Havia cumprido sua parte na importante missão confiada pelos colegas europeus: ajudar a preparar os três recrutas da terra do Tio Sam para o que entraria na história do ativismo como o golpe mais espetacular jamais desferido contra uma indústria.

35

A *motijhara*, como chamam na Índia a febre tifoide, aflige a cada ano mais de 6 milhões de almas no país; e a preferência por crianças, adolescentes e turistas apenas contribui para reforçar sua péssima reputação. Transmitida por água e alimentos contaminados, ataca principalmente entre os meses de julho e outubro (período das monções), quando o calor sufocante e a absurda umidade do ar por si sós bastariam para abalar a saúde mais perfeita.

Pouquíssimos infectados desenvolvem a forma crônica, na qual a *Salmonella*, bactéria responsável pela encrenca, continua a ser eliminada nas fezes durante mais de um ano. Antes de surgirem os antibióticos, a taxa de mortalidade da doença chegava a 15%; em nossos dias, não passa de 2%, o que não chega a ser um consolo para o infeliz hospedeiro desse micro-organismo. Pacientes não tratados podem sofrer complicações neurológicas como delírios, encefalite ou meningite e, em casos mais raros, psicose esquizofrênica. Em resumo, a probabilidade de um visitante ocasional, oriundo do Brasil, cair de cama com febre tifoide no subcontinente indiano e a infecção evoluir para um quadro de surto psicótico é muito baixa – no máximo, 1 entre 1 milhão. Mas Valdevald conseguiu esta façanha.

Com os olhos encravados nas órbitas pelo sumiço de quase dez quilos de massa corporal no intervalo de apenas oito semanas, e a mente chacoalhada em ondas alternadas de terror e trevas, o guia espiritual dos desvalidos da elite paulistana, o homem que não tinha medo de nada e a quem nada podia afetar começava a tomar pé de si e de sua delicada situação. Permanecia largado sobre a tosca estrutura de madeira acolchoada com palha que servia de leito, no aposento minúsculo onde fora alojado desde a sua chegada ao povoado.

Naquela habitação de pedra, aninhada com um punhado de outras a mais de 5 mil metros de altitude no sopé dos Himalaias, por um triz o sujeito escapara de partilhar a sina de figuras ilustres como Péricles, o senhor de Atenas; Franz Schubert, o compositor; a princesa Leopoldina, do Brasil; o príncipe Albert, consorte da rainha Vitória; e Wilbur Wright, um dos irmãos pioneiros da aviação – todas elas, existências canceladas pela *motijhara*.

Por ironia do destino, ele, que tantos salamaleques se habituara a receber de um séquito de admiradores, acabara sendo salvo por pessoas humílimas a quem, sob circunstâncias normais, não teria dado a menor atenção; bem como por emplastros e infusões de uma plantinha que cresce como mato por toda parte, na Índia, a qual de outra forma, dele nunca teria recebido o devido valor – o *krishna tulsi*, como chamam, por aquelas bandas, o singelo manjericão-santo (*Ocimum tenuiflorum*).

À medida que a força física refluía e as ideias retomavam seu fluxo rotineiro, os dias se passavam sem que Valdevald sentisse a mínima urgência em seguir viagem e restaurar seu universo pessoal. Longe disso, era como se a impossibilidade de comunicação verbal e o completo anonimato trouxessem, pela primeira vez na sua vida adulta, uma paz verdadeira; e a dependência absoluta de seus cuidadores transferisse para eles o poder que, até ser engolfado pelo tsunami de infortúnios, confiara apenas a seus desleixados guarda-costas do além.

Jogado feito um boneco de pano naquela paragem inóspita por acontecimentos bem além de sua imaginação, de uma hora para outra podia dispensar a máscara de perfeição e invencibilidade com que, por décadas a fio, disfarçara seus medos mais profundos. Sentia-se como o animal de carga que, livre das cangalhas após um duro dia de labuta, vê-se dono de seu próprio focinho para simplesmente respirar o ar puro da montanha e pastar em paz.

Só mais tarde Valdevald veio a saber que seus benfeitores, assim como os outros filhos de deus esquecidos naquela vastidão glacial, pertenciam a tribos de pastores nômades, que há séculos tiram seu sustento da extração da lanugem da changra (cabra tibetana) e, até não muito tempo atrás, quando o animal ainda não era protegido, do chiru (antílope nativo). Do subpelo dos dois bichos, aprendeu também, são fabricadas as lãs mais sofisticadas que existem – a *pashmina* e o *shahtoosh*, este, hoje só encontrado no mercado negro.

Como fornecedores exclusivos da matéria-prima, os pastores-caçadores são o primeiro, mais importante e, ainda assim, menos valorizado elo na cadeia de produção dos xales, echarpes e outros artigos finíssimos tradicionais da região. Transformar a lanugem nesses itens requer o talento e a habilidade de fiandeiros, tintureiros, desenhistas, tecelões e bordadeiros, além de uma tropa de auxiliares – uma indústria de peso considerável, centrada na capital Srinagar. Vindo de lá, ao volante de um *Defender* novinho em folha, certo dia surgiu nas montanhas uma figura que iria se revelar a providência divina de barba e turbante.

Azhar, como se chamava, um caxemire baixinho e roliço beirando os 60, era o único filho homem de uma das famílias mais tradicionais de Srinagar. Gabava-se de já ter rodado o mundo, conhecer os ricos e famosos e ser capaz de adquirir qualquer coisa sobre a face da Terra, desde que o cliente se dispusesse a pagar o preço. Era, pelo que dizia, uma águia nos negócios e ganhava uma pequena fortuna como intermediário dos pastores com os atacadistas de lanugem, cujo preço final ele praticamente regulava.

Tinha um inglês para lá de razoável e, como o Flautista viria a constatar nas 48 horas seguintes, só parava de tagarelar para comer, beber chá ou fazer as cinco orações diárias. Depois de ouvir as desventuras de Valdevald e admirar-se com o propósito que trouxera até aqueles ermos o esquálido e atordoado peregrino, estranhou nunca ter ouvido falar de um líder espiritual chamado Shanaishcharananda.

"Olha que conheço um bocado de nomes desse meio, e não só aqui na região. Vários amigos meus seguem algum mestre importante e meus parentes, em Pune, sempre foram muito ligados nas questões espirituais. Só para você ter ideia, um *pandit* primo meu, já bem idoso, que é professor aposentado da universidade de lá, há vários anos vem trabalhando com um grupo de colegas numa invenção incrível – uma espécie de sistema que, segundo eles, fornece a chave do destino..."

Aturdido com a loquacidade do seu salvador e ciente de que aquele suplício auditivo iria durar até o último minuto do percurso até a capital, Valdevald achou prudente não insistir na história do encontro com o mestre e mudou para um tema mais universal.

"Claro que conheço o Ronaldo Fenômeno!! Uau!! Aquilo, sim, é um craque, hein?!". Dado o pontapé inicial, o baixinho não parou mais. Conforme seu impotente interlocutor e os penhascos no caminho iriam testemunhar durante um tempo que pareceu infindável, se existia um camarada entusiasmado, por dentro de tudo e cheio de histórias, ali estava ele.

Muitas horas, assuntos e gargalhadas depois, agora íntimos, enquanto improvisavam uma fogueira e estendiam os sacos de dormir praticamente embaixo do veículo, Azhar retornou ao tema de abertura.

"Mas faz quantos anos mesmo que você fundou o seu centro de yoga? Tem quantos discípulos? São Paulo é uma cidade enorme, das maiores do mundo, né? Imagino que não devem faltar por lá pessoas de posses atrás de orientação espiritual..."

Foi essa conversa improvável, maluca, entabulada no meio das nuvens, que livrou o Flautista do xeque ao rei e ajudou-o em novo lance no grande tabuleiro.

36

Comiam, os doze, sentados em esteiras de palha estendidas sobre o piso aladrilhado do pequeno aposento que servia de refeitório aos internos do instituto. Os mais jovens e ágeis, como de se esperar, fazendo as honras da casa, de pernas cruzadas à moda dos iogues; os demais, recostados nas paredes, tratando de se poupar das cãimbras ou dores nas costas e nas nádegas que, cedo ou tarde, haveriam de se manifestar. Acostumados desde a infância a colchões e sofás macios e, em geral, providos de articulações pouco flexíveis, usar o chão como assento não era, em definitivo, coisa para ocidentais.

Serviam-se quase todos com as mãos (os locais, apenas com a direita, visto que na Índia reserva-se a canhota para fins menos nobres), direto da bandeja redonda de aço com quatro repartições, do tipo utilizado nos refeitórios industriais – a maior, tomando a metade do espaço, destinada aos *chapatis* ou, mais raramente, arroz; as três menores, ocupadas por diferentes tipos de legumes cozidos e suavemente temperados. Nacos do *chapati* eram usados para segurar e levar à boca os legumes, quase sempre molhados demais para serem pegos direto com os dedos. Para os mais resistentes a mudanças de hábito, havia colheres à disposição. Na sobremesa, quase sempre duas opções se alternavam: uma, cremosa e doce, cujo ingrediente principal Cátia ainda não havia identificado; e outra, salgada (sua predileta) e por vezes também servida no lanche, feita com sagu e amendoins fritos no óleo e temperados com manjericão.

Já era o oitavo dia da Cigana no Yoga Institute, em Mumbai, o mais antigo centro organizado de preservação e ensino do yoga clássico, fundado em 1918 por Manibhai Haribhai Desai, o célebre Shri Yogendra, um dos primeiros a apresentar ao Ocidente a ciência do pleno viver.

As refeições naquela salinha e as palestras dominicais no *bhavan*, o amplo espaço coberto em que os frequentadores do instituto faziam suas práticas, eram as únicas atividades compartilhadas ao mesmo tempo por ambos os sexos; nos eventos abertos ao público, o salão era dividido ao meio – homens de um lado, mulheres do outro, segundo o costume da terra.

Como os outros estrangeiros que participavam da imersão, Cátia estava alojada no próprio instituto, o que já era uma vivência e tanto para uma mulher como ela, afeita ao luxo. Mesmo assim, nada tão sacrificante, para uma pessoa disciplinada por natureza e acostumada aos rigores da vida executiva. Despertava às seis, ao toque do sino acionado por um dos internos do curso de formação de professores; ficava lendo, no quarto, até as oito; e só então se reunia aos colegas para o desjejum, quando, com muito gosto, quebravam *mauna*, o voto de silêncio diário que ela cumpria à risca e a enchia de disposição para o dia.

Longe de estranhar a nova rotina, espartana para uma senhorinha cercada de mordomias, a Cigana estava curtindo a experiência. O ambiente tranquilo, a dieta leve e saudável, as palestras sobre temas inspiradores e a prática diária dos *kriyas*, *asanas* e *pranayamas* começavam a surtir efeitos: sono, profundo e reparador; o apetite, invariavelmente canino; a digestão, de avestruz; os pensamentos, o tempo todo positivos; e uma energia formidável, o dia inteiro, para citar os mais flagrantes.

É que, nos últimos anos, ainda nas sandálias de vice-presidente, ela havia atingido o nível máximo de esgotamento nervoso suportável pelo indivíduo. O que tinha começado como dificuldade em conciliar o sono e em digerir as refeições mais simples, aplacada com doses crescentes de hipnóticos e omeprazol, evoluiu para um quadro que só fez piorar.

De nada mais adiantavam as cortinas cerradas, a máscara e os protetores de ouvido, artifícios a que costumava recorrer para isolar-se do mundo e pregar os olhos. Por vezes, bastava deitar e ensaiar o sono para os pensamentos aflitivos lotarem a cabeça; com frequência, o cansaço era tanto que jogava por terra a intenção. Com a continuação das noites perdidas, surgiu uma espécie de leseira que até chegava a provocar uma sensação de prazer durante o dia. Nas poucas ocasiões em que conseguia pegar no sono, despertava de repente, no meio da madrugada, com a cabeça efervescente, ondas de medo e ansiedade – uma agonia só, até o sol raiar.

Estava ali para um curso de introdução de 15 dias ao Yoga Clássico de Patanjali, por sugestão da colega indiana com quem havia passado a semana anterior, durante a feira do agronegócio em Johannesburgo, megaevento que reunia desde as maiorais da química e da biotecnologia até fabricantes de máquinas e equipamentos. Curtir a vida adoidado passara a ser o único propósito da executiva, após a sucessão de eventos que tinha culminado com sua internação, durante quase seis meses, em uma clínica de repouso num remoto rincão da Suíça.

E que eventos, aqueles! Na manhã de uma segunda-feira que, na Cronus, tinha tudo para ser igual a qualquer outra, começaram a pipocar nas redes sociais, com a marca da companhia em destaque, edições condensadas do videomanifesto da Mãe Terrível. Todas as postagens terminavam com fotos, nomes, endereços, *e-mails* e telefones do *chairman*, do CEO, de Cátia e Adhemar, conclamando os internautas a infernizar, "no que estiver ao seu alcance, a vida das Quatro Bestas do Apocalipse".

Diante da sede da empresa no Brasil, da residência dos infelizes e da escola dos filhos e netos, manifestantes mascarados de abelha e trajando farrapos montavam guarda, cartazes em punho, esbravejando palavras de ordem. Memes detonando os cabeças da Cronus bombaram, nas redes sociais e listas de distribuição, ao longo de toda a semana.

Então, na sexta-feira, veio o golpe letal, quando uma edição só de imagens do *Bee Movie de Terror* ocupou, de repente, os telões digitais de Times Square, Piccadilly Circus, Shibuya Station e outros *spots* de alto impacto, denunciando os crimes da multinacional contra a humanidade.

Por tempo suficiente para ser visto, filmado e replicado *ad infinitum* por zilhões de internautas, o manifesto invadiu boa parte da mídia externa disponível nas principais capitais – mobiliários urbanos, elevadores comerciais, estações de metrô e saguões de aeroporto, nada escapou da *blitzkrieg* digital. Como se não bastasse, no edifício da Faria Lima e nas unidades industriais, o vídeo propagou-se pela rede interna e foi assistido por funcionários embasbacados diante das telas de computador, durante pelo menos 20 minutos, tempo que levou para ser tirado do ar.

Descobriu-se, depois, que a Cronus tinha sido vítima de um ataque cibernético de extensão e níveis de sofisticação nunca antes vistos, com a invasão simultânea dos servidores do maior fornecedor de mídia externa do planeta; e a ocupação de parcela considerável de seus quase 500 mil espaços publicitários, em quatro continentes. Foi constatado, também, o vazamento de senhas de acesso de funcionários graduados, no Brasil – ao que tudo indicava, por meio de técnicas de engenharia social.

A campanha da Mãe Terrível produziu um dos maiores *cases* de dano à imagem e reputação da história da comunicação empresarial – até documentário a façanha dos ecoativistas chegou a render. Meses depois da semana de terror da Cronus, depoimentos, entrevistas e mesas-redondas sobre a iminência de extinção das abelhas e o sumiço do mel nas prateleiras dos supermercados ainda garantiam altos índices de audiência.

O abraço virtual e financeiro das dezenas de milhões de recém-engajados revigorou a causa antiagrotóxicos nos fóruns acadêmicos, científicos e de saúde pública; no campo do jornalismo investigativo, transpareceu o que se presumia, mas nunca fora claramente revelado, do *modus operandi* das empresas com os órgãos reguladores, provocando um tsunami de pressões sobre a classe política e maior rigor fiscalizador, sobretudo na América Latina e África.

Quando, enfim, a poeira baixou, a indústria correu a trombetear a criação de um *pool* multibilionário, "o maior investimento em pesquisa e desenvolvimento jamais realizado pelas empresas dedicadas à proteção da lavoura, tendo como propósito colocar à disposição do agricultor, no mundo inteiro, nova e revolucionária linhagem de nanoformulações totalmente inócuas para a saúde humana e para organismos não-alvo".

E poucos meses depois anunciou, com a indispensável pompa e circunstância, que "a bem do princípio da precaução e por iniciativa própria, dentro de cinco anos as empresas do setor de defesa vegetal irão retirar do mercado todos os inseticidas baseados em neonicotinoides, em respeito às preocupações manifestadas por algumas associações de apicultores e parcela da comunidade acadêmico-científica, apesar de não existirem evidências de que esse princípio ativo possa, de alguma forma, apresentar risco às pessoas ou ao ambiente, quando utilizado corretamente e de acordo com as recomendações do fabricante".

37

Tinha um quê de suspeito e muito de cafona o vovô-nenê de chapéu panamá sentado bem em frente – um setentão vestindo paletó de algodão listrado de azul e branco, lenço azul-marinho no bolso do peito, sapatênis e meias brancos – e que, pela pinta, estava se achando o mais esperto dos seres ao bisbilhotar os vizinhos por trás de óculos menos escuros que o necessário para a função, um equívoco comum que não passa despercebido ao observador atento.

Ombros e abdome no lugar indicavam boa forma para a idade, estimável a partir do bigode e laterais da cabeça alvos como neve e do mapa topográfico impresso pelas rugas sobre o rosto bronzeado. Os olhos, movendo-se sem cessar dentro das órbitas, como câmaras de vigilância de acionamento remoto, transmitiam tensão, em contraste com o corpo, imóvel e relaxado no estofo de couro macio. Vez por outra, cruzavam como flechas com os seus, que ele mantinha entrecerrados para melhor ver sem ser percebido.

Contador de alguma organização criminosa? Contrabandista de diamantes? Mula de luxo? Talvez nada disso, quem sabe apenas um mágico, pianista ou pé de valsa profissional de cruzeiro marítimo, daqueles coroas bem-postos com anel de brasão em ouro e ônix no dedo mindinho (o mesmo que mantêm esticado, ao palitar os dentes em público, a fim de revestir o ato ignóbil de uma certa nobreza); enfim, o tipo que conta fisgar ao menos uma passageira a cada noite de viagem, se possível e de preferência como complemento de renda, e sonha um dia conquistar, não importa se *al mare*, nos céus ou em terra firme, a viúva definitiva.

E a senhorinha de turbante branco com um imenso broche de turmalina na testa e anéis de brilhante em ambas as mãos, comprimida do pescoço aos tornozelos num *training* de elastano cenoura, saracoteando toda prosa com sua mala de rodinhas e bolsa tiracolo Louis Vuitton? O rosto branco como gesso, sem um único vinco, lembrava o teatro *kabuki* e sugeria longo histórico de intervenções; ajudado pelo corpo magro e ágil, comprometia qualquer avaliação confiável da idade. De toda forma, no mínimo 75 e, provavelmente, mais de 80 ela devia ter; e parecia disposta a encarar muitos outros.

Os olhares lânguidos davam conta de um apetite por gente que os anos não haviam aplacado e, a essa altura, nunca seria satisfeito, o que talvez explicasse tanta vivacidade. Viúva-negra? Benfeitora de sobrinha ou sobrinho de ocasião? De um manteúdo bom de cama? Vai ver era só outra seguidora, cheia de bufunfa e boa-fé, de um daqueles picaretas da matéria de capa da revista esquecida sobre a mesa de centro que ele, mais para matar o tempo e não por interesse genuíno, fizera a besteira de folhear.

Tinha de continuar a se distrair ou não conseguiria controlar as ideias malucas e descargas de hormônios do medo, que insistiam em invadir o seu sistema. Reajustou o foco, voltando-o para um rapaz e duas jovens executivas chinesas acomodados em banquetas diante de uma mesa de parede, totalmente enfronhados nas telas de seus *laptops* e isolados entre si e do mundo exterior por gigantescos fones de ouvido.

Achou-se um cara de sorte por nunca ter sido obrigado a ficar voando para cima e para baixo, como aqueles garotos, respirando o ar infecto da classe econômica em aviões apinhados ou passando horas intermináveis em reuniões chatíssimas, nos lugares mais sem graça, como ele sabia ser a rotina daqueles e de tantos outros profissionais em início de carreira, temporariamente refugiados ali no salão.

Pois adivinhar o caráter e as circunstâncias de ilustres desconhecidos, a partir da mera observação de traços faciais, postura, formato das mãos e da cabeça, timbre de voz ou preferências de cor, entre outros sinais valorizados pelos adeptos dessa ciência antiquíssima, mas quase desconhecida entre os comuns mortais, era outra proeza de que Diego Velasquez Caravaca (vulgo Valdevald), Val (para as bem íntimas) ou Flautista (diante do espelho) gostava de se gabar.

"Só os idiotas não julgam pelas aparências", costumava dizer, citando o nome de algum sábio chinês sacado na hora (sempre lhe fugia o nome de Oscar Wilde, o verdadeiro autor da frase). Orgulhoso da própria sagacidade – no fundo, pura malícia temperada com rudimentos de ocultismo e imaginação rocambolesca –, se frustrava por nem sempre poder confirmá-la, como era o caso agora, esparramado na poltrona de couro junto à imensa janela panorâmica voltada para a pista.

Dez quilos a menos, nem um grama de juízo a mais, as pupilas contraídas pelos raios de sol refletidos no pavimento envernizado pela chuva que caíra até há pouco, Valdevald sentia-se prisioneiro, com uns 200 outros desconhecidos, do suntuoso *lounge* da South African Airways no aeroporto de Johannesburgo, única escala entre Mumbai e São Paulo. Pelo que, até então, tinha todo o jeito de ser uma falsa denúncia de atentado à bomba, pousos e decolagens haviam sido suspensos – no mínimo, durante as próximas oito horas – e o lugar estava sendo vasculhado por times da equipe de segurança com a ajuda de cães farejadores. A administração reafirmava a intenção de normalizar as operações o mais breve possível, mas ainda não podia informar o horário preciso. Ao menos, era o que não parava de repetir, pelo sistema de som, a voz quente de mulher com sotaque africânder, enquanto ele tentava distrair-se elucubrando sobre a vida alheia.

Não podia se render aos pensamentos tenebrosos que o perseguiam desde a antevéspera, quando ligara para Bruna a fim de anunciar o regresso em breve "com uma novidade sensacional", e agora se reavivavam, como brasas sopradas, por causa da maldita revista largada por algum estafermo bem ao alcance da mão. Da capa, emoldurada por imensas barbas e cabeleira quase azuis de tão brancas, encarando-o com um olhar atrevido, a repugnante figura de Goël Ratzon, o guru polígamo.

Protagonista de uma alentada reportagem sobre os falsos gurus e a epidemia de fanatismo que estaria infestando o planeta, o autoproclamado Jesus da Nova Era, de 64 anos, fora condenado pela justiça israelense a passar os próximos trinta na prisão, respondendo por uma penca de crimes sexuais – estupro, incesto, sodomia e abuso de menor –, além de estelionato. Ratzon havia posto no mundo 38 filhos com 21 esposas, todas elas convencidas de que o rufião tinha poderes sobrenaturais e iria salvar a humanidade. Na época dos crimes, a maioria das mulheres era menor de idade; algumas, filhas do próprio sujeito!

Lido assim de repente, naquelas circunstâncias, aquilo tudo era chocante e o Flautista ficou espantado com o ponto a que esses charlatões podiam chegar, apenas para satisfazer suas taras e sede de poder. Por sorte, ele estava do lado certo da força e tinha a consciência limpa; só precisava segurar a cabeça, aquietar o espírito. Quase três meses na Índia – buscava a todo custo convencer-se – deviam ter sido mais do que suficientes para a poeira baixar e os ânimos se acalmarem no Céu. Afinal, além daqueles bilhetinhos com ameaças e do medo de responder pelo que tinha acontecido a Eleonora, nada mais havia de tão sério que justificasse continuar afastado por mais tempo.

Até porque era fascinante a compensação para o risco (pensando melhor, ridículo) de ter que se explicar aos pais de Eleonora ou, no pior cenário, à justiça. Tal e qual intuíra antes de partir, regressava de seu sabático na terra dos gurus com um trunfo que o tornaria imbatível no cada vez mais concorrido mercado da salvação – uma graça recebida, a partir de um encontro improvável nos últimos momentos do autoexílio, como se para confirmar o acerto de todas as suas escolhas até aqui.

38

Pelo menos 150 mil almas têm sua estada sobre a Terra abreviada por acidentes rodoviários, a cada ano, na Índia. Quatrocentos óbitos diários são registrados em colisões ou atropelamentos nas ruas e estradas – oito em cada dez causados por imperícia, imprudência ou negligência do condutor. Esses índices garantem à antiga terra dos marajás posição de destaque entre as campeãs mundiais nessa triste estatística, que o professor e estudioso Daniel Jones Gonzalez, outrora famoso como o Matemático nas altas rodas de Wall Street, era obrigado a ignorar toda vez que se preparava para atravessar a rua em Pune – um exercício de coragem e autoentrega, que costumava praticar dividido entre o terror e a atração pelo abismo.

No momento em questão, tinha a cabeça mais ocupada que de hábito, por conta das decisões que acabara de formalizar na sua agência do Citibank, na opulenta Onyx Tower, em Koregaon Park. Parte substancial de suas reservas agora constituía o capital social da recém-criada Fundação Designium, "organização não governamental, sem fins lucrativos, cuja missão é promover, por meio de uma abordagem interdisciplinar e holística, o conhecimento das relações sistêmicas que determinam as trajetórias de vida, a fim de habilitar o indivíduo e, por efeito multiplicador, a sociedade à plena consecução de suas potencialidades".

Não fora fácil convencer os companheiros de que estava mais que em tempo de pôr à prova o sistema, construído com tanto esmero e discutido à exaustão desde a última década do século passado. Alguns tinham resistido à ideia, proposta por Pandit Kapila, de franquearem o Designium, por temerem ver seu maior legado para a humanidade desvirtuado no vale-tudo capitalista. Mas venceu o argumento de que só colocando-o em prática seria possível verificarem a eficácia do sistema e aprimorá-lo.

Durante as últimas etapas, haviam realizado alguns ensaios e constatado, com tristeza, que o custo de aplicação do sistema seria inacessível à média das pessoas. Confortava-os a ideia de que a condição financeira de cada um também era função do carma; nesse sentido, poder beneficiar-se do Designium era fruto puro e simples de merecimento conquistado em outras vidas. De olho nos carros, motos, tuc-tucs e bicicletas que disputavam com os pedestres a preferência no trânsito, mas com a cabeça nas nuvens, apalpava no bolso direito da calça o objeto fantástico, inacreditável, presenteado na véspera pelo amigo Ramkrishna: um dado de marfim idêntico ao que herdara de seu avô e fora transformado em cinzas no trágico e inesquecível 11 de setembro de 2001. Na imaginação do americano, fertilizada em anos de estudo das filosofias orientais e na convivência com os colegas *pandits*, era como se o raríssimo talismã houvesse retornado às mãos do dono, por algum tipo de magia que só poderia acontecer num lugar como a Índia...

Quando, enfim, respirou fundo e avançou com o pé direito para encarar a travessia, Robert White Sherman exultava por ter ele próprio encontrado, através de um parente rico de Pandit Ramkrishna que vivia na Caxemira, o primeiro licenciado do Designium – um mestre de yoga latino-americano que, segundo as investigações dos *pandits* pelas redes sociais, possuía milhares de seguidores e parecia ser muito respeitado no seu país, o longínquo e exótico Brasil.

Não viu, ouviu, nem sentiu nadica. Só ficou um tanto assustado e confuso, na fração de segundo seguinte, ao visualizar o próprio corpo caído no asfalto, o sangue vermelho-vivo formando uma poça estranhamente simétrica em torno da cabeça, como o esplendor de um santo, e uma multidão de curiosos se aglomerando ao redor.

Logo, o medo e a confusão deram lugar a uma inefável leveza. Deixava o mundo dos homens sem sofrimento, com a reconfortante sensação de que, desta feita, tinha acertado as contas com o destino.

39

Tocada, como de costume, pela aflição da passarada em exibir os dotes musicais, Bruna julgava intuir naquele gospel animal um desígnio superior – quem sabe, era a divindade tentando mostrar a suas criaturas humanas que a mais rica harmonia nasce de vozes diferentes?

Diante dessa bênção da natureza, era natural concluir, conforme ela ouvira mais de uma vez de um senhorzinho simpático e bem-falante que frequentava suas aulas de hatha-yoga, que a alma agraciada com tamanhas injeções de entusiasmo em estado puro, no coração de uma das maiores cidades do hemisfério sul, tinha razão de sobra para ser feliz.

E ele estaria certo, não fossem os misteriosos ocupantes das guaritas de segurança, o tempo inteiro em alerta nos acessos do enclave, ou os galalaus de carecas lustrosas e ternos escuros, segredando sabe-se lá o quê nas lapelas do paletó, a rondar como cães de guarda pelas calçadas e jardins dos casarões – imagens que, num passe de mágica, poluíam o sonho colorido com as nuances de cinza do mundo real.

Diante do futuro sombrio legado pelos mais velhos, Bruna estava convencida de que a correria da cidade grande só fazia reforçar a alienação coletiva e a perspectiva de um triste fim para a espécie humana.

Na sua impressionante trajetória desde o domínio do fogo até a última novidade do circo digital, os filhos de Deus tinham virado dependentes químicos de seus smartphones e das redes sociais; mais um pouco, todos iam voltar a viver como símios, incapazes de reflexão.

Mas hoje, nada, absolutamente nada poderia importar mais que o evento para onde agora se dirigia, organizado por ela e suas colegas, em tempo recorde, no Cantinho do Céu.

Depois de tanto tempo longe dos devotos, o amado guru estava de volta, e trazia uma fantástica novidade – do que ela conseguira captar na rápida e emocionante conversa por telefone, uma espécie de programa que permitia a qualquer um conhecer o próprio destino e ser feliz.

A maravilha chamava-se Designium e, graças a Val e a seu mestre indiano, os frequentadores do Céu tinham sido escolhidos, dentre todos os seres do mundo, para serem os primeiros beneficiados.

Como se tanta felicidade não bastasse, ninguém menos que sua tão querida madrinha Vera, a quem não via há um bocado de tempo, estaria lá com algumas amigas estrangeiras, para prestigiar a afilhada e a ocasião.

Agradecimentos

Ao caríssimo George Patiño, pelas observações certeiras e contribuição para o resultado final; à professora Ana Cristina Pulcherio Ferreira, pelo acesso privilegiado aos bastidores da cena iogue; à guerreira Fran Paula, incansável em defesa do futuro comum; ao primo Mario Rebello de Oliveira, pelas precisas direções nos meandros do criminalismo; ao oráculo Clovis Peres, íntimo leitor do céu e das estrelas; ao professor Luís Henrique Rodrigues, grão-mestre nos tabuleiros do pensamento sistêmico; ao músico e companheiro de malhação Bruno Migliari, pelas contribuições nos domínios da harmonia; ao infectologista Pedro Mendes Lages, pela generosa consultoria ao tio; ao Benny Zolondez, por me conduzir com segurança em mares por muito poucos navegados; ao amigo e colega José Manoel Pereira Pinto, pela orientação no mundo das grandes finanças; ao bruxo José Luiz Orrico, pela inigualável expertise nos caprichos da opinão pública; aos queridos Claudia Poncioni, Maria Inez Arieira, Shirley Fioretti Costa, Silvia Segre Levy, Alex Vervuurt, Altamir Tojal, Júlio Brandão, Lélio Lauretti, Nelson Torres Duarte Jr., Paulo Bittencourt e Roberto Muylaert, pela generosa primeira leitura e comentários; à Eshani Kumbhani, pela inestimável ajuda; aos sobrinhos Antonio e Álvaro Poncioni Mérian, bambas nas artes do relacionamento e do bem viver, por somarem com sua invejável expertise; e, por fim, aos incontáveis guias e acasos que, de jeitos quase sempre além de minha compreensão, me trouxeram, são e salvo, até aqui.

Robert White Sherman
Mapa Natal (8)
6 Mai 1950, sáb
04:04:15 EDT +4:00
New York, NY
40°N42'51" 074°W00'23"
Geocêntrico
Tropical
Placidus
Nodo Lunar Médio

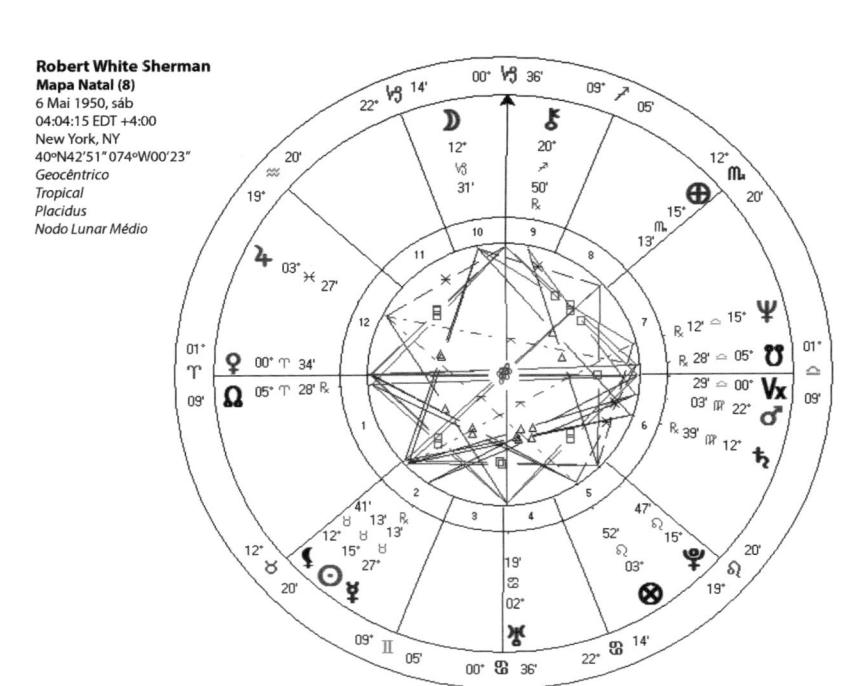

Diego Velazquez Caravaca
Mapa Natal (6)
6 Mar 1962, dom
05:43:47 CST +6:00
Managua, Nicarágua
12°N09" 086°W17'
Geocêntrico
Tropical
Placidus
Nodo Lunar Médio

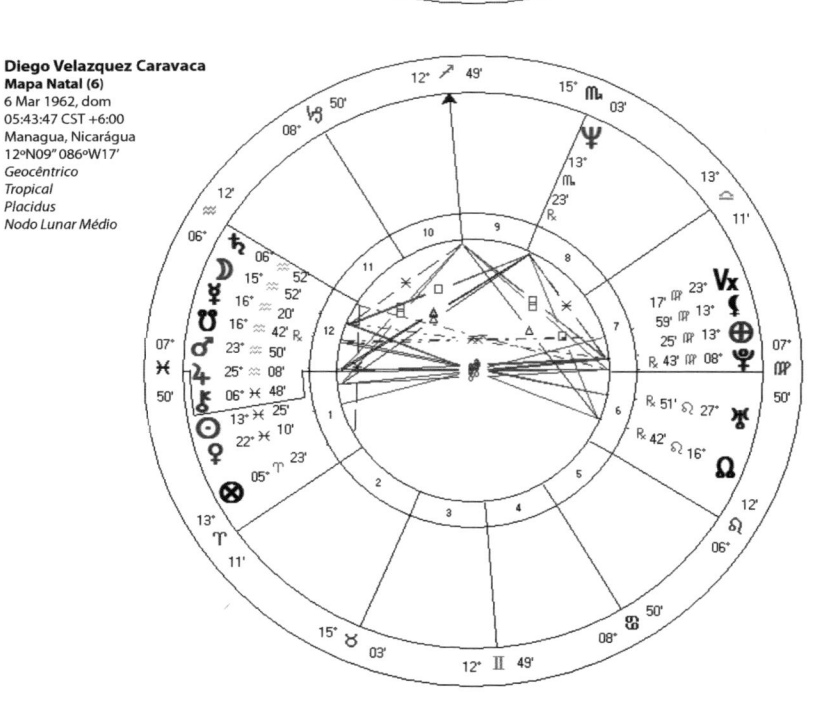

Catia Ferrao
Mapa Natal (4)
30 Ago 1971, seg
00:01:58 BZT2 +3:00
Campos, Brasil
21°S45' 041°W18'
Geocêntrico
Tropical
Placidus
Nodo Lunar Médio

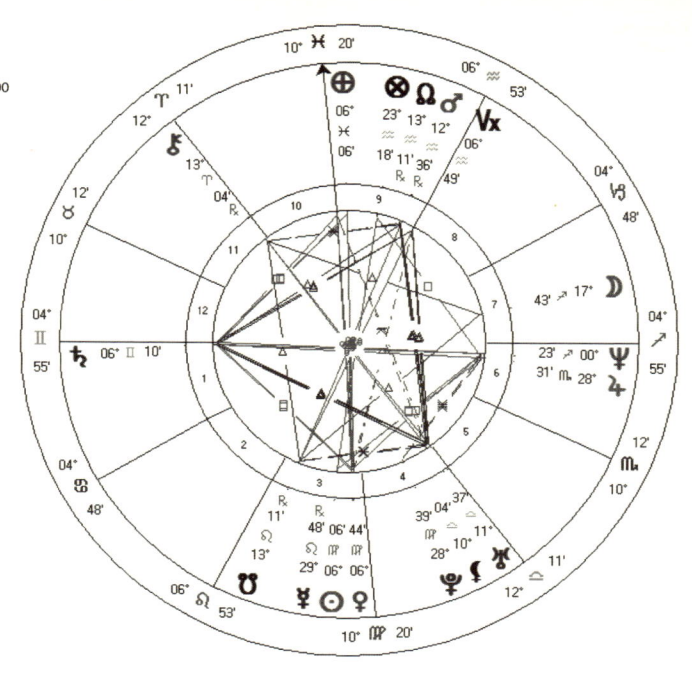

https://www.facebook.com/GryphusEditora/

twitter.com/gryphuseditora

www.bloggryphus.blogspot.com

www.gryphus.com.br

Este livro foi diagramado utilizando as fontes Minion Pro e Myriad Pro
e impresso pela Gráfica Vozes, em papel polen bold 90 g/m²
e a capa em papel cartão supremo 250 g/m².